KB242659

에덴의 방

에덴의 방

김호운 장편소설

■작가의 말

익숙함과 낯섦의 문을 여는 열쇠

이 소설에서 **섹스**는 사건이 아니다, 그것은 인간이 훼손되기 이전의 원형, 빛과 어둠이 나뉘기 전의 상태, 남성과 여성이 명명되기 전의 존재, 영혼과 영혼의 합일 그 상태를 향해 되돌아가려는 신화적 몸짓이다. 익숙함에서 낯섦으로 가는 열쇠다.

우리는 '완전'으로 돌아갈 수 없다는 것을 이미 알고 있다. 나는 이 소설을 통해 욕망의 가치나 정신문화 영역을 정당화하려는 것이 아니라, 욕망 속에 숨겨진 기원을 묻고 싶었다.

봄, 여름, 가을, 겨울, 계절이 바뀌는 건 누구나 잘 알지만 아침에 눈 뜨면 보는 창문 밖 풍경들은 늘 그대로일 거라고 여긴다. 그런 풍경을 보는 '나'도 당연히 어제의 그 나인 줄 안다. 바뀐다. 변한다. 미세하게, 찰나 찰나에 우리는 다른 사람으로 새롭게 태어난다. 창밖의 풍경도 어제의 그 모습이 아니며, 나도 어제의 그 나가 아니다.

　이렇게 달라지는 인간의 기원이 참 궁금했다. 탄생과 임종 사이에서 우리는 물이 흘러가듯 한 줌 바람이 되어 따라간다. 어디서 시작되었으며 어디가 끝인가. 그게 궁금했다.

　장편소설『에덴의 방』은 시간의 경계를 넘어 영혼의 세계로 들어가는 열쇠(섹스)를 찾는 이야기다. 천지창조의 신화로 회기해야 한다. 인간의 길이 천지창조에서 시작되었기 때문이다. 천지창조의 공간으로 가는 **열쇠**가 섹스다. 인류 최초로 섹스한 아담과 이브가 에덴에서 그 길을 시작하였으며, 탄생과 임종, 그리고 재생의 부활이 이 길에서 순환한다. 그 길은 이 순간에도 만들어지는 진행형이다.

2026년 봄, 설원재說苑齋에서

저자 김호운

에덴의 방

1

오피스텔 1004호, 방은 이미 두 사람의 호흡으로 젖어 있었다. 커튼은 폐처럼 들숨과 날숨을 반복했고, 바닥은 뜨겁게 고동쳤다. 누가 먼저랄 수도 없이 호세와 운희는 방문을 닫자마자 서로의 입술을 탐닉했다. 몸이 달아오르고, 심장에서 불꽃이 인다. 끝날 것 같은 키스는 멈췄다 이어지고 멈췄다가 또 이어졌다. 타액이 꿀로 바뀔 즈음 그녀가 옷을 벗었다. 그녀의 피부는 투명했고, 핏줄은 별자리처럼 빛났다. 뛰는 그녀의 심장이 그의 심장으로 밀고 들어왔다. 그 순간 그는 알았다. **이제 두 몸은 서로의 악기가 될 것이다.** 탱고, 네 개의 다

에덴의 방

리가 한 개의 심장이 되는 춤. 두 심장이 하나가 될 때 불꽃이 튄다. 네 개의 다리는 누가 누구의 것인지도 모르게 리듬을 역행하며 엇박자로 현란하게 감긴다. 이게 탱고다. 탱고는 두 사람이 하나가 되는 춤이며 악기다. 그녀의 손끝이 그의 옷을 찢어 내듯 벗겼다. 천이 바닥에 떨어질 때마다, 사회적 껍질이 하나씩 찢겨나갔다. 세상에서 얻은 소유를 하나씩 버린다. 셔츠 단추가 튀어 나갈 때마다, 그의 이름이 벗겨졌다. 마지막 옷자락이 사라졌을 때, 그는 더 이상 지성인이 아니었다. 그는 하나의 몸, 하나의 원초적 짐승이었다. 두 몸이 부딪쳤다. 짐승과 짐승의 몸. 피부와 피부가 겹칠 때마다, 전율이 심장을 타고 불꽃으로 번졌다. 그녀의 입술이 그의 어깨를 물었다. 피가 터져 나왔다. 그녀는 그 피를 삼켰고, 입술과 피와 혀가 뒤섞였다.

"피는 기억이야. 너와 내가 에덴에서 잊어버린 최초의 기억."

자세를 낮추며 운희의 입술이 호세의 가슴으로

내려갔다. 조금씩 조금씩 그녀는 그의 거친 숨결을 핥는다. 꿀처럼 달콤하다. 심장이 뛰는 소리도 들린다. 살아 꿈틀거리는 그의 세포 속으로 두 개의 심장이 마주치는 소리가 거대한 물줄기가 되어 흐른다. 그 물결을 따라 그녀의 입술이 점점 더 아래로 내려간다. 짐승의 울음 같은 소리가 들렸다. 마침내 그녀의 입술이 그를 만났다. 새로운 키스를 시작한다. 가장 황홀하고 뜨거운 키스다. 육체를 해체하고 두 심장이 하나가 되었다. 허공에 뜬 달이 보인다. 달콤한 꿀이 둥근 달을 적신다. 기원전 먼 시간의 소리가 들린다. **테케누**(tekhenu)! 오벨리스크를 타고 그녀는 하늘을 뚫으며 마침내 달에 오른다.

호세는 그녀를 안아 침대에 눕혔다. 이번에는 그의 입술이 그녀의 세포를 따라간다. 가슴으로 내려간 그의 입술이 두 개의 촛불을 켰다. 눈물과 함께 그녀가 짐승 같은 울음을 토해놓는다. 두 손으로 촛불이 꺼지지 않게 잡은 채 그는 잠시 그녀의 가슴에 얼굴을 묻고 울음이 잦아들기를 기다렸다. 그의 입술이 서서히 아래로 내려간다. 깊다. 까마

에덴의 방

득히 높은 곳, 그곳에는 두 개의 촛불이 펄럭이며 불꽃을 튀긴다. 무중력의 우주, 어둠 속 그 어느 공간으로 가는 느낌이다. 어떤 단어로도 표현할 수 없는 향기, 한 송이 꽃이 강한 향기를 뿜어낸다. 그의 입술이 꽃잎에 닿았다. 그녀가 다시 울음을 토해놓는다. 울음이 아니다. 환희와 아픔이 한 몸이 된 절정에서 부르는 노래다. 육체를 해체하고 자유 공간으로 들어간 영혼의 노래다. 우주가 어둠의 문을 열었을 때, 그 암흑의 공간에서 길을 내던 빛의 소리다.

울음 사이로 운희가 나직하게 그를 부른다. 꽃잎 문을 열고 호세가 그녀 안으로 흘러 들어갔다. 허리의 움직임마다, 두 사람은 파괴되고 재탄생했다. 살과 살이 부딪칠 때마다, 방은 거대한 심장처럼 고동쳤다. 사랑을 넘어 **그들은 우주를 새로 짓는다.** 숨과 숨이 합쳐졌다. 들숨은 별의 폭발이 되었고, 날숨은 바다의 물결이 되었다. 그들의 신음, 울부짖음과 웃음, 기도와 저주가 동시에 터져 나왔다. 정액과 혈액, 땀과 눈물이 뒤섞여 하나의 강이 되었고, 그 강은 심연으로 흘러들어 새로운 생명을 길렀다. 절정의 순간, 그와 그녀는 동시에 심장이 멎는 듯한 죽음을 느꼈다. 이 죽음은 끝이 아니다. 죽음은 곧 **초월의 문**이다. 카오스를 통과하는 문. 그와 그녀의 몸은 무너지고, 동시에 새로운 생명이 솟구쳤다. 그녀의 울음에 갓난아이의 울음과 임종 자의 비명이 동시에 터져 나왔다. 그들은 사라지 면서 동시에 하나가 되었다. 살과 피는 더 이상 구 분되지 않았으며, 그들의 몸은 흙과 불, 물과 별빛 으로 흩어졌다. 아담과 이브가 살던 태초의 세계로 왔다. 방이 속삭였다.

"이것이 합일이다. 이것은 처음의 인간. 사랑과 죽음, 육체와 초월이 하나였던 천지창조의 시간이 다."

둘은 황홀 속에서 무너졌다. 파멸이 아니었다. 그 무너짐은 **복원**, 훼손되지 않은 원형으로의 **부활** 이었다. 운희가 호세의 귀에 대고 나직이 속삭였을 때, 그들은 비로소 현실 속으로 깨어났다.

"우리 씻지 말고 이대로 있자. 당신의 체취와 향

에덴의 방

기, 내 안에 들어온 당신의 향기를 오래 그대로 가지고 싶어. 우리 조상들도 이랬을 거야. 그때 목욕이라는 문화가 없었을 테니. 짐승들이 섹스한 후 씻는 거 봤어? 이 창조의 시간, 천지창조를 씻어내는 건 인류에 대한 모독이야."

두 사람은 그렇게 섹스로 육체를 해체하고, 자유로운 정신이 지배하는 세상을 창조했다. 가장 순수하고 거짓 없는, 세상에서 얻은 모든 것을 벗어던지고, 발가벗고 대화하고 몸을 만지고 살갗을 부딪치며 비비다가 다시 합일하면서 천지를 창조한 그 순간의 인류로 돌아갔다. 그녀가 말했다.

"우리가 간 그곳, 에덴의 방이야."

에덴의 방에서 만나 섹스한 뒤, 그와 그녀는 제의를 치르듯 발가벗은 채 꼭 껴안고 오랜 시간 영혼의 언어를 음미했다. 섹스하기 전에 아무것도 먹지 않기로 했다. 몸을 해체하고 사랑으로 채우는 제의에 음식으로 미리 채울 수 없다. 씻지도 않는다. 미리 씻지 않는 것은 몸의 냄새를 지우지 않기 위해서다. 섹스한 뒤에도 역시 씻지도 먹지도 않는다. 영혼의 향기를 품은 채. 영혼을 삼킨 몸을 씻거나 먹는 행위는 우주에 대한 배반이다.

긴 시간이 흐른 뒤 그와 그녀는 옷을 입고 각자의 집으로 향한다. 다음 약속은 언제가 될지 모르나, 언제고 사랑이 필요하면 에덴의 방에서 만난다. 만나는 건 육체지만 대화는 육체를 해제한 영혼의 언어로 나눈다. 만나지 않을 때도 서로의 영혼이 하나로 존재한다. 육체를 버렸기에 가능하다. 그건 원죄가 아니라 원형질을 복원한 인류의 기원, 천국의 열쇠 앙크(Ankh)며 장자가 말한 오상아吾喪我다. 육체를 해체하고 영혼의 '나'를 만나는 일이다.

2

지독한 안개다. 짙게 깔린 안개 속을 요란하게 사이렌을 울리며 구급차가 지나간다. 뱉어내는 족족 안개에 묻혀버리는 사이렌 소리의 끝자락을 잡으려고 구급차는 더 숨 가쁘게 사이렌을 울려댄다. 안개 속에 수묵화 같은 초록색 꽃 한 송이가 피어올랐다가 사라지길 반복한다. 길 가던 사람들이 이 광경을 무심한 눈길로 힐끗 한 번 바라보곤 가던 길을 제촉한다. 지는 꽃잎과 함께 사이렌 소리도 이내 안개 속으로 사라졌다.

막 진료를 시작하려던 호세는 사이렌 소리에 잠깐 창문 쪽을 바라봤다. 지독한 안개가 바깥세상을

지워버렸다. 이제 희뿌연 통유리창에 '호세치과의
원'이라고 쓴 글자밖에 보이지 않는다.

　원장실에서 잠깐 휴식하던 호세는 무심코 창문
을 열었다가 얼른 닫았다. 연기처럼 안으로 훅 들
어오는 안개를 피해 얼떨결에 그는 한 걸음 주춤
물러섰다. 희뿌연 액자가 된 창문을 바라보았다.
누군가 안개로 덧칠하여 액자 속 세상을 모두 지워
버렸다. 눈앞에 보이던 남산타워도 없어졌다. 자주
들르던 길 건너편 커피숍도 사라졌다. 디자인이 멋
진 금융센터 로고도 안 보인다. 그곳 커피숍 옆 오
피스텔 1004호, 그의 둥지가 있는 건물도 보이지
않는다. 베스트셀러가 된 두 권의 책을 집필한 그
의 안식처가 그곳에 있다.

　이렇게 지독한 안개는 처음 본다. 대학생 때 호
세는 홀로 배낭여행 한 스코틀랜드 에든버러에서
이와 비슷한 안개를 보았다. 리버풀에서 야간 버스
를 타고 10시간 달려가 다음 날 꼭두새벽에 에든버
러 코치 스테이션에 도착했다. 버스에서 내린 순간
그는 숨이 컥 막히는 두려움을 느꼈다. 한 치 앞을

내다볼 수 없을 정도로 짙은 안개가 깔려 있었다. 그렇게 지독한 안개를 그는 그때 처음 보았다. 에든버러의 거무튀튀한 건물들이 안개에 잠겨 마치 고담 도시를 연상케 했다.

핸드폰 진동이 울린다. 아까부터 계속 울렸지만, 에든버러의 안개 속을 헤집느라 호세는 진동을 뒤늦게 알아차렸다. 끊어지기 직전에 그는 얼른 진동을 잡아챘다.

"진료 중이세요?"

여자다. 귀에 익지 않은 낯선 목소리여서 호세는 당황스러움을 감추지 못했다. 거두절미하고 대뜸 진료 중이냐고 묻는 걸로 보아 잘 아는 사이 같은데 그는 전혀 기억나지 않았다. 그의 뇌 속까지 스며든 안개가 그의 기억을 지워 버렸다. 원장실에 바흐의 「골드베르크 변주곡」이 잔잔하게 흐른다. 캐나다의 피아니스트 글렌 굴드의 피아노 연주곡이다. 이렇게 안개 낀 날, 가을이면 더 좋다. 사람을 환상의 세계로 인도하는 연주곡이다.

"누군지 아시겠어요?"

안개와 「골드베르크 변주곡」에 영혼이 흔들리던 그를 여자의 목소리가 붙잡는다. 그제야 그는 창밖을 바라보던 시선을 거두었다.

"누구… 시죠?"

돌아온 대답이 호세를 더 당황스럽게 했다.

"사랑니."

사랑니? 입속으로 사랑니, 사랑니, 중얼거리며 호세는 얼른 안개를 지우고 기억을 더듬었다. 진료한 환자 가운데 '사랑니'로 기억할 수 있는 사람이라면 특별한 에피소드가 있어야 한다. 여전히 그는 그녀를 기억해 내지 못했다. 체어유닛에 누운 환자와 의사가 사적 대화를 나누는 일은 매우 드물다.

"기억하지 못하는군요."

안개에서 헤어나지 못하는 호세의 뇌에 순간 파란불이 켜졌다. 아, 그 여자. 그는 얼른 기억을 잡아챘다. 6개월 전쯤이다. 왼쪽 아랫어금니 뒤에 숨어 있던 사랑니가 어금니를 밀어 말썽을 일으킨 여성 환자가 왔다. 막 퇴근하려던 참이었다. 퇴근 준비하던 접수대에서 상담실장이 오늘 진료가 끝났다며 돌려보내는 소리가 들렸다. 원장실 문을 조금

에덴의 방

열고 내다보았다. 한 여성 환자가 돌아가지 않고 계속 발을 구르며 사정한다. 이 시간에 오는 환자는 대부분 되돌려 보낸다. 이미 마감 정리를 끝낸 진료실을 다시 준비하는 게 여간 번거로운 일이 아니다. 그날은 마음이 달라졌다. 막 브람스의 「헝가리 무곡」을 들은 뒤라서 그랬는지 모른다. 여성의 볼이 발갛게 부었다. 본인은 몹시 아프겠지만, 마치 잘 익은 자두를 보는 듯 예쁘다.

진료복으로 갈아입은 호세는 차트를 집어 들었다. 나이 59세, 이름 박운희. 차트를 내려놓고 그는 의료용 고무장갑 핸즈가드를 뿌직뿌직 소리 나게 끼었다. 이 나이에 말썽 일으키는 사랑니를 가지는 건 매우 드문 일이다. 보통 사랑니는 20세 전후에 나오고, 대부분 그 무렵에 발치 치료한다. 환갑이 가까운 나이에 사랑니로 문제를 일으킨 여자, 긴장하는 환자를 위해 그는 평소와 달리 농담했다.

"뒤늦게 사랑을 아셨네요."

"사랑니요? 어금니가 아니고, 사랑니가 있어요?"

상체를 일으키는 그녀를 호세는 얼른 제지했다.

"아, 움직이면 안 됩니다. 마취 주사하고 있어요."

　분명히 호세가 '사랑'이라고 했는데, 그녀는 '사랑니'로 알아들었다. 다시 누운 그녀가 입을 벌린 채 확인하듯 묻는다.

　"내게 사랑니가 숨어 있었나요?"

　마취한 탓에 입술이 잘 움직이지 않아 웅얼거리는 그녀의 말이 그에겐 "내게 사랑이 숨어 있었나요?"로 들렸다.

　"사랑, 사랑… 사랑이 이렇게 아프군요."

　자꾸 들으니, 사랑니라고 했는지 사랑이라고 했는지 호세도 이제 정확하게 들리지 않았다. 그는 덴탈미러로 그녀의 눈앞 허공에 하트를 하나 그린 뒤 좌우로 한 번 흔들었다. 약속하고 한 몸짓이 아님에도 그녀가 곧장 알아채고 눈가에 미소를 띤다.

　"치과에선 아픈 사랑도 치료할 수 있겠죠?"

　이번에는 그녀가 정확하게 '사랑'이라고 발음했다. 진료가 끝나고, 몸을 일으킨 그녀가 의료용 접시에 담긴 피 묻은 사랑니를 바라보았다.

　"해체한 사랑, 그렇죠. 저런 모양이겠죠?"

　진료실 문을 열고 나가던 그녀가 뒤돌아보며 "제 차트에 '사랑니'로 기록해 주세요. 오늘부터 닉

에덴의 방

네임으로 사용할 거예요." 하며 씽긋 웃었다.

"끊을까요?"

여자의 목소리 톤이 아까와 다르다. 호세는 얼른 대답했다.

"네, 알아요. 사랑니. 어쩐 일이세요?"

"인사하려고요. 잘 나았어요. 그날, 특별 진료해 주셨잖아요."

"잘 나았다니 제가 고마워해야죠."

"같이 식사하고 싶어요. 점심 저녁 다 좋아요. 시간 되시는 날짜 알려주실래요?"

이런 환자를 경계해야 한다. 오래 전이다. 개업 직후에 과잉 친절을 보이는 한 여성 환자와 무심코 식사했다가 곤욕을 치렀다. 환자 한 사람도 귀하던 때라 평범한 친절이라 여기고 호의를 받아들였는데, 걸핏하면 전화하고 심지어 병원에까지 찾아와 치근대는 바람에 간호사들에게 민망하게 오해받은 적 있다.

"수요일, 강의 가는 날이라 휴진합니다."

말해놓고 나니 어색하다. 강의 있는 날은 쉬는

날이 아니다. 망설이다 말이 엉켜 버렸다. 예리하게 여자가 이걸 낚아챘다.

"강의 가시면 만나기 어렵잖아요. 토요일 오후 쉬죠? 이번 토요일 어때요?"

몰래카메라로 보는 듯 그녀는 호세를 들여다보고 있다. 민망함을 털어내기 위해 그는 창문 쪽을 바라보았다. 그림 액자처럼 벽에 걸린 창문에 아까보다 안개가 조금 걷혔다. 남산타워가 희미하게 보인다. 잘 그린 한 폭의 그림 같다. 발치 때 한 번, 꿰맨 실을 푸느라 한 번, 고작 두 번 만났는데 마치 그녀를 기다렸던 듯 그는 마음이 설렜다. 그림 액자에 이제 커피숍이 있는 길 건너편 건물이 희미하게 드러났다. 점점 안개가 걷힌다.

"토요일 어려우면, 일요일 어때요. 같이 점심 할까요?"

할까요, 했으나 여자는 묻는 게 아니었다. 토요일, 일요일 둘 중 한 날을 선택하라는 강요다.

"토요일 점심, 좋아요."

시간 약속을 하고 전화를 끊은 호세는 얼른 그

에덴의 방

녀의 차트를 찾아 열어 보았다. 진료 때 봤으나 다시 확인하듯 읽는다. 이름이 운희, 박운희며 나이는 59세다.

박운희, 사랑니를 치료해 준 그때의 기억은 나는데, 호세는 그녀의 얼굴이 전혀 떠오르지 않는다. 말썽을 피운 사랑니로 잘 익은 자두처럼 볼이 부어오른 여인이었다는 기억만 난다. 익숙한 듯 낯선 여자. 묘한 여운이 계속 그를 붙든다. 환자와 치료해 준 의사가 만나서 한 끼 식사하는 일일 뿐인데, 그는 마치 혁명이라도 도모하는 사람처럼 심오하고 진지하게 의미를 더듬는다. 여자와 처음 만나는 일이 이토록 그에게는 높은 성벽 하나를 허물고 진입하는 전투처럼 두렵고 설렌다. 천지창조, 아담과 하와(이브)도 처음 만났을 때 이랬을 것이다. 인류 최초로 남자와 여자가 만났다. 어찌 두렵고 설레지 않겠는가. 그들은 뱀이 던져 준 선악과의 달콤한 육즙으로 이 두려움의 벽을 넘었다. 그들의 후손인 인류 역시 익숙함을 파괴해야 낯선 길을 만난다. 이 낯섦을 탈피해야 한다. 이것이 재생이며 부활이다.

무엇을 얻기 위해서는 무엇을 파괴해야 한다. 에로티즘은 이 파괴에서 시작한다. 발가벗은 남자와 여자, 부끄러움을 파괴한 그 너머로 존재의 가능성을 위한 연속성을 찾는 길이 만들어진다. 음란한 느낌을 주는 이 비밀스러운 행위에서 육체는 자아에 대한 소유권을 상실한다. 나체가 되면 자기 몸을 감추려고 하는데 탈취를 완성하려는 에로티즘 행위가 옷을 벗고 난 뒤 생길 때 그렇다. 에로티즘은 음란한 게 아니라 욕망이 용해되어 형상화하는 작용이다. 옷을 벗는 행위가 죽음 또는 가벼운 죽음과 유사하다고 여기기도 한다. 파괴함으로써 또 다른 자유를 만난다. 섹스를 위해 옷을 벗는 행위는 자아와 소유를 버리는 일이며, 현실의 존재가 그 너머 세계와 결합하는 신성한 에로티즘의 문을 여는 제의祭儀다.

호세는 그녀의 진료 차트를 다시 보았다. 가까운 동네 아파트에 산다. 첫 진료 때 신분증을 확인하기 때문에 그녀의 기록은 정확하다. 가족 관계는 차트에 기록하지 않는다. 이름과 나이를 알지만 아

에덴의 방

직 그에게는 그녀가 유령에 가까운 여인이다. 유
령, 안개, 벽에 액자처럼 걸린 창문의 변하는 그림
들이 그에겐 새로운 세계와 교통하는 통로다. 이제
안개가 많이 지워졌다. 그 방, 오피스텔 옆 건물의
금융센터 로고도 희미하게 보인다. 조금씩 변하는
그림, 이대로 멈추면 괜찮은 작품이 될 듯하다.

뜬금없이 그림 위에 안개 낀 스코틀랜드의 에든
버러가 보인다. 녹슨 듯한 황적색과 그은 듯한 거
무튀튀한 건물들이 안개 위로 희미하게 스며 올라
온다. 거리 표지판조차 보이지 않던 고담 도시, 등
에 땀이 후줄근하게 밸 정도로 안개 낀 거리를 헤
매며 호세는 예약한 숙소를 찾았다. 낯선 골목이
나타날 때마다 선뜻 들어서지 못하고 머뭇거렸다.
골목 한쪽에서 불쑥 유령이 나타날 듯 오싹한 기운
이 스쳤다. 이른 새벽이라 거리에는 다니는 사람
도 보이지 않았다. 온몸에 짜릿한 소름이 돋는다.
한 걸음 한 걸음 옮길 때마다 살얼음 위를 걷는 듯
했다. 엽기 떡볶이를 먹을 때처럼, 혀가 마비되는
고통을 맛보면서도 자꾸만 손이 가는 그런 기분이

었다. 마치 우리가 사는 세상을 이곳으로 옮겨놓은 듯하다. 아직 살아갈 날이 더 많으나 그는 다가올 날들이 지금처럼 두렵고 무섭다. 계단을 오르내리고 몇 번이나 더 골목을 돈 끝에 마침내 예약해 둔 백패커스를 찾았다. 허름한 목조건물들 사이에 손도끼를 높이 쳐든 켈트계 원주민 인형 하나가 서 있는 건물이다. 가까이 다가가서 보니 분장한 미국 영화배우 멜 깁슨이다. 멜 깁슨과 소피 마르소가 출연한 영화 「브레이브하트」에서 영국 국왕을 상대로 독립전쟁 하던 그 사람들이 스코틀랜드 하이랜드에 살던 켈트족이다. 이 영화의 한 장면이 떠오른다. 제목처럼 '용감한 심장'을 가진 스코틀랜드 전사 윌리엄 월레스(멜 깁슨 분)와 협상을 위해 전투 현장으로 온 영국 왕세자비 이사벨라(소피 마르소 분), 협상을 위해 잠시 전투를 멈춘 이날 전장에서 처음 만난 두 사람은 야전 천막 안에서 진한 사랑을 나눈다. 적과의 동침, 이 치명적 사랑이 평화의 비둘기를 데려올 줄 알았다. 그렇게 이 영화는 '섹스'로 역사 하나를 만든 채 슬프게 끝난다. 그 멜 깁슨 덕분에 이 허름한 백패커스가 갑

자기 귀티 나게 보였다. 옛 조상들의 유령이 후손들을 먹여 살린다.

백패커스 2층으로 올라가는 나무 계단이 밟을 때마다 유령 소리를 냈다. 한 번도 들어보지 못한 기괴하고 음산한 소리다. 정말 유령의 집에 온 기분이었다. 소리 나지 않게 살얼음 위를 딛듯 그는 천천히 올라갔다. 스코틀랜드 에든버러는 유령이 많기로 유명한 도시다. '코미디 호러 유령 버스 투어'가 있을 정도다. 손에 들고 있는 셜리 잭슨의 영문판 소설 『We Have Alwats Lived in the Castle』을 그는 눈앞까지 올려서 표지를 본다. 여행 오기 전부터 읽기 시작한 소설이다. 에든버러에 온 것은 순전히 이 작품 때문이다. 사진으로 본 에든버러성을 보고 싶었다. 깎아지른 바위산 정상에 서 있는 성, 이곳에서 에든버러를 한눈에 내려다볼 수 있다. 세상을 차단한 성안에서 세상을 내려다보는 기분이 어떤지 느끼고 싶었다. 작가 셜리 잭슨이 세상을 떠난 한참 뒤에 국내에 『우리는 언제나 성에 살았다』로 번역 소개되기도 한 고딕 미스터리 소설이다. 그는 이 책 제목에 끌려 곧바로 해외 직구로 구했다. 우리(We)는 언제나 성에 살았다. I(나)로 하지 않고 1인칭 복수 대명사 We(우리)를 사용한 것에 그는 묘하게 위로받는 느낌이었다. 소설 속 두 자매가 함께 성안에 살았기에 We로 했다는 걸 알면서도 그는 여전히 이 책은 다중의 '우리'여야 한다고 굳게 믿었다. '호세'라는 이름 때문에 어릴 적부터 외톨박이였던 그는 늘 거대한 성안에 갇혀 살았다. 이 세상 그 누구든 모두 '성城'에 갇혀 살 것이라며 끊임없이 밀려오는 두려움을 달랬다. 소설을 읽는 동안 Castle(성)이 Frame(틀)으로 바뀌었다. 익숙한 것에 길들어 새로운(낯섦) 길(자유)을 찾지 못하던 그의 이야기였다. 성안은 공포와 불안의 연속이며, 유령이고 악마였다. 주인공은 성장을 멈추고 어린아이 목소리를 낸다. 어린아이가 되고 싶은 어른, 어른이라는 성에서 도망치고 싶은 어린아이. 낯선 성 밖도 두려움이기는 마찬가지다. 그래도 지금 여기보다 나은, 그곳은 자유가 존재할 거라 믿었다. 어둠 속의 자유, 새 생명이 꿈틀대는 틈 밖을 향하는 빛. 어릴 적부터 호세는 이런 곳에 가기를 원했다. 유달리 책을 좋아하는 버

에덴의 방

룻도 이때부터 생겼다. 책 속에는 그런 세상이 있을 줄 알았다.

내 이름은 메리 캐서린 블랙우드, 열여덟 살이고 언니 콘스턴스와 같이 산다. (…) 욕심은 그만 부리기로 했다. 나는 씻는 거, 개, 시끄러운 소리가 싫다. (…) 언니와 나를 제외한 우리 가족은 전부 죽고 없다.

국내에 번역 소개된 소설 『우리는 언제나 성에 살았다』의 첫 문단은 이렇게 시작한다. 메리 캐서린 블랙우드는 양손 둘째와 셋째 손가락 길이가 같다. 운이 있었더라면 늑대인간으로 태어나지 않았을까. '운이 있었더라면' 하고 그녀는 상상한다. 늑대인간도 그녀처럼 둘째와 셋째 손가락 길이가 같다. 그녀는 인간이기보다 늑대인간이 되길 바란다. 짐승, 늑대로 불리는 그 무서운 짐승은 자유를 가지고 있다. 나가고 싶으면 나가고 들어오고 싶으면 들어올 수 있는 성에서 산다. 짐승들은 단 두 개의 열쇠만 가지고 있다. 먹든지 안 먹든지, 눈 뜨든지 감든지, 가든지 말든지, 늑대의 모든 행동은 두 가지 생각으로만 결정된다. 단순한 이 뇌와 심장 구조가 늑대를 자유롭게 해준다. 그녀는 그런 늑대인간이 되고 싶었다. 그러나 욕심을 접고 그녀는 아마니타톡신이라는 맹독을 가진 알광대버섯을 좋아한다. 아름답고 먹음직한 겉모습 속에 맹독을 숨겼다. 늑대인간이 되려는 꿈마저 가질 수 없는 성에서는 차라리 독버섯이 자유롭다.

이제 창문으로 빛이 들어온다. 어느 틈에 그림 액자 속 안개가 사라졌다. 세상을 지우던 안개를 이번엔 빛이 지워 버렸다. 잔뜩 명화를 기대하던 꿈도 사라졌다. 보이지만 볼 수 없는 것이 더 많은 세상, 빛이 조립하는 그 세상이 다시 나타났다.

갑자기 등이 싸늘하다. 사랑니, 운희. 그녀가 혹시 이 소설 속 두 자매 중 한 명이 아닐까. 진료하러 오던 때부터 오늘까지 호세는 그녀가 만들어놓은 이야기를 더듬는다. 느닷없이 세상을 삭제해 버리던 안개, 갑작스레 걸려 온 전화. 예감이 예사롭지 않다. 그는 조금씩 조금씩 다가오는 유령의 그림자를 느꼈다. 약속을 취소할까? 그는 얼른 그 생

에덴의 방

각을 지운다.

소독함에 있는 수술용 메스를 바라보던 호세는 그중 하나를 꺼내 만지작거렸다. 날을 교체했기에 그녀를 진료할 때 사용한 그 메스는 아니다. 메스로 잇몸을 절개하고 그녀의 사랑니를 제거했다. 메스를 만질 때마다 느끼는 날카로운 차가움, 이 오싹한 날카로움이 신선할 때가 있다. 잠시 잊었던 설렘이 다시 그의 심장을 뛰게 한다. 짜릿하다. 약간의 공포를 수반한 짜릿함. 메스로 살을 절개할 때 느끼는 기분은 마치 낯선 세상의 벽을 허물고 한 번도 보지 못한 세계를 훔쳐보는 것과 같다. 에든버러에서 '코미디 호러 유령 버스 투어'할 때와 비슷한 기분이다. 두려우면서도 즐겁고 행복한 그런 것. 사랑니를 제거했을 때 아마 그녀도 이런 기분이었을 것이다.

3

마지막 환자 진료를 마친 호세는 원장실에서 잠시 휴식하며 아일랜드 작가 쿠 훌린(Cú Chulainn)의 장편소설 『섹스, 부활의 열쇠』를 처음부터 다시 읽었다. 오래전, 아내 유주경을 처음 만나던 그 무렵에 읽기를 포기하고 한동안 던져둔 소설책이다. 어제 우연히 내다 버릴 책들을 정리하다가 이 책을 발견하고 망설였다. 그녀를 만나 결혼한 동기를 만들어 준 책이다.

천장을 향해 나란히 누운 남녀의 시신 머리맡에 **'기원전 4004년 10월 22일'**이라 적힌 메모지가 놓

여있다. 메모지를 들여다보던 자벨 경감이 고개를 갸웃거린다. 그는 언젠가 이집트 여행 때 봤던 투탕카멘의 미라를 떠올렸다. 하지만 투탕카멘의 사망은 기원전 1,300년대다. 지금까지 발견된 세계 미라 가운데 기원전 4천 년이 넘는 건 아직 없다. 기원전 4004년 10월 22일, 날짜를 명료하게 기록한 이건 도대체 뭔가?

순간, 자벨 경감이 놀란 눈을 하며 안개 낀 창밖을 바라본다. 4004···. 낯익은 숫자다. 4년째 타고 다니는 그의 승용차 크리에숑 넘버가 4004다. 새 차를 가지고 와 인계하던 자동차회사 딜러가 그를 보자마자 들뜬 표정으로 이건 대단한 행운이라며 보너스를 달라고 했었다. Creation(크리에숑), 천지창조다. 딜러가 천지를 창조한 날이 기원전 4004년 10월 22일이라며 떠들었다. 자벨 경감이 별 반응을 보이지 않자, 그는 4004 차량번호판을 가리키며 이건 그냥 넘어갈 일이 아니라고 펄쩍펄쩍 뛰었다. 자벨 경감이 웃으며 지갑에서 20유로 한 장을 꺼내 그에게 주었다. 딜러는 크리에숑 보닛에 그 돈을 공손하게 올려놓고 차에 입맞춤한다. 오, 창조주의 축복이 있을지다! 하며 너스레를 떨던 그가 자벨 경감을 향해 싱긋 웃었다.

재미로 그런 거라 여기면서도 혹시나 하고 자벨 경감은 딜러가 돌아가자 곧장 자료를 뒤졌다. 딜러가 농담한 게 아니었다. 1658년에 아일랜드 대주교 제임스 어셔가 구약성서와 서유럽 지역에서 수집한 여러 자료를 종합하여 천지창조 한 날짜를 4004년 10월 22일 저녁 무렵이라 계산해 냈다. 다윈을 비롯한 과학자, 종교학자 등도 이와 비슷한 연대를 제시했으나 사람들은 어셔 대주교가 밝힌 연도에 더 힘을 실었다. 어셔 대주교는 성서에 등장하는 인물들의 나이를 좇는 방식으로 천지창조 날짜에 접근했다. 아담과 하와(이브)는 가인과 아벨을 낳은 뒤 130살에 세 번째 아들 '셋'을 낳았으며 이후 800년을 더 살았다고 했으니 930살에 세상을 떠났다. 이 셋째 아들 셋이 노아의 직계 조상이다. 노아는 600살에 대홍수를 맞았으며 950살에 세상을 떠난다. 또 아브라함은 75살에 가나안으로 이주했다. 이렇게 하여 어셔 대주교가 찾은 천지창조 날짜를 영어권에서 표준으로 삼던 『킹제임스 성서』

여백에 기록했다. 과학이 발달하면서 사람들의 의문이 증폭되자 1885년에 성서에서 이 날짜를 지웠다. 약 230년 동안 사람들은 어서 주교가 밝힌 천지창조 날짜를 믿으며 신앙생활을 했다. 홍미로운 건 아담이 930살까지 살면서 자식을 번창시켰으니 당시 인류는 아담과 하와(이브), 그리고 그들의 자식밖에 없었다. 당연히 이들은 형제자매끼리 혼인하고 섹스했다. 인류의 조상은 이렇게 근친상간으로 자손을 번창시켰다.

아무러하든 오늘, 사건 현장에서 자벨 경감이 이 숫자를 또 만났다. 뭐지? 자벨 경감은 수사관 특유의 촉수로 사방을 스캔하듯 훑는다. 안개, 이 지독한 안개가 사건 현장을 성벽처럼 두르며 가두어버렸다. 그가 몸을 던졌던 그날 파리의 센강에도 오늘처럼 안개가 자욱하게 끼었었다.

창문 밖 안개를 바라보던 자벨 경감이 현장 조사하는 수사관들을 향해 소리쳤다.

"오늘 며칠이야!"

"10월 29일입니다."

뭔가 심상치 않은 단서가 스멀스멀 피어오른다.

자벨 경감이 잠자듯 천장을 바라보며 나란히 누운 발가벗은 두 남녀를 바라본다. 이렇게 평화롭고 아름다운 시신은 처음 본다. 하얀 침대 시트가 금방 세탁한 듯 눈부시다. 안개를 헤치며 달려온 검시 의사가 방금 이들의 사망을 확인했다. 의학적으로 사망을 확정하였으나 검시 의사는 계속 고개를 갸웃하며 현장에서 물러나지 않는다.

"왜 그래요? 문제가 있나요?"

"그게 말입니다. 말이 안 돼요."

"뭐가요?"

"숨만 쉬지 않을 뿐 살아 있어요."

"그게 뭔 말이오?"

의학적으로 사망했으나 의학으로는 설명하기 불가능하다는 것이다. 실온에 방치했는데도 마치 잘 보존 처리한 듯 시신이 멀쩡하다. 더 황당한 건 자살이라 하더라도 죽음 직전에는 죽음을 두려워하는 본능적 저항이 일어난다. 전혀 그런 흔적이 없이 평온하다. 한 사람도 아니고 남녀 두 사람이 발가벗은 상태로 동시에 죽어 나란히 누웠다. 금방이라도 눈을 뜨고 일어날 것 같은 모습이다. 검시 의사

에덴의 방

는 몇 번이나 시신의 코끝에 검지를 대어 보는 등 이상한 행동을 하며 놀란 표정을 감추지 못한다.

"잠깐!"

자벨 경감은 재빨리 날짜를 셈했다. 10월 29일, 그는 역순으로 일주일을 계산하고는 얼른 문자를 보낸 날짜를 확인했다. 10월 22일이다. 그는 순간 무릎을 쳤다. 이들이 죽은 날짜가 10월 28일이다. 기원전 4004년이 단서다. 이들은 섹스하던 중 사망했다. 타력으로 사망 당한 게 아니라 스스로 죽음의 길로 걸어갔다. 사람들은 이를 자살이라고 하나 자살이 아니다. 누구보다 자벨 경감이 이 사정을 잘 안다. 그 역시 사람들이 자살했다고 하지만, 그는 다른 공간에서 살고 있다. 이들은 사망한 게 아니라 천국의 문을 열고 들어갔다. 천지창조다. 아담과 이브가 선악과를 따먹고 첫 섹스를 한 그날이 4004년 10월 28일이다.

여기 누워 있는 이 남자, 그가 오늘 새벽에 자벨 경감에게 사건을 알리는 문자를 보냈다. 발송한 날짜는 일주일 전 10월 22일이다. 일주일 뒤에 도착하도록 예약한 문자를 받은 것이다. 일주일 뒤에 자신들을 보게 한 이유가 있다. 자벨 경감이 무릎을 친 게 천지 창조한 이 날짜를 계산해서다. 이들은 『성서』의 기록을 따랐다. 「창세기」 1장과 2장에 기록되어 있다. 엿새 동안 하늘과 땅을 창조하고, 엿새째 되는 날 흙으로 아담을 만든 뒤 그의 갈비 하나로 하와(이브)를 만들었다. '일곱째 날'을 안식일로 정하여 천지창조를 완성했다고 기록되어 있다. 따라서 이들이 섹스한 날짜는 6일째 되는 날인 어제, 10월 28일이다. 오늘 안식일에 자벨 경감이 오도록 부른 것이다.

우리는 육신을 해체하고 정신이 사는 방으로 들어갑니다. 자벨 수사관님에게 알리는 건 우리의 옷을 있는 그대로 지켜달라는 것입니다. 지금 침대에 누워 있는 우리 두 사람은 사람이 아니라 우리가 입고 있던 옷입니다. 삼칠일, 21일 뒤 다시 돌아올 때까지입니다. 경감님이 우릴 보는 건, 이 방을 떠날 때 모습입니다.

특별히 자벨 경감을 선택하여 문자를 보낸 이유도 적었다. 자벨 경감 역시 이미 죽은 자다. 죽은

에덴의 방

자의 죽음 이후를 수사할 수 있는 사람은 죽은 자여야 한다. 프랑스 북부의 작은 항구 도시 몽트뢰유쉬르메르의 훌륭한 시장 마들렌이 탈옥범 장발장이라는 사실을 밝혀낸 자벨 경감은 물증을 잡은 순간 그를 놓아주고 센강에 투신자살했다. 뭇사람들에게 지탄받으면서까지 끈질기게 장발장을 추적 수사하던 수사관이 자살했다. 이해할 수 없는 사건이 일어났다. 수사하던 경감이 자살하는 바람에 이젠 그가 수사 대상이 되었다. 파일 이름 'Les Miserables(레 미제라블)'로 정리한 유명한 사건이다. 끝내 자살 원인을 밝히지 못한 채 미제사건으로 남아 아직도 사람들의 입에 오르내린다.

기원전 4004년 10월 22일

입속으로 날짜를 굴리던 자벨 경감이 수사관들에게 소리쳤다.

"부검을 생략한다! 이 사건은 이 상태로 현장을 보존한 채 수사를 진행할 것이다. 이 방에 있는 모든 물건에 손대지 말고 봉인할 것! 사진 촬영만 허

락한다. 이상!"

여기까지 읽은 뒤, 호세는 책을 덮었다. 쿠 훌린의 소설은 흡입력이 강하다. 한번 읽기 시작하면 책을 쉬 덮지 못한다. 그의 필명 또한 흥미를 증폭시킨다. '쿠 훌린'은 아일랜드의 전설 속에 나오는 용맹한 분노의 전사 이름이다. 죽은 이의 유령을 불러와 자신의 필명으로 사용했다. 전작과 달리 이번 작품은 좀 다르다. 몇 번이나 읽기를 멈추고 호흡을 가다듬어야 했다. 쿠 훌린은 다른 사람의 소설, 또는 영화와 그림을 오마주하는 것으로 유명하다. 그의 작품 특징이다. 첫 소설이 베스트셀러가 되었을 때 표절이냐 아니냐. 아니다, 오마주다. 독자들의 반응이 엇갈리며 큰 논란이 일었다. 정작 작품을 발췌 당한 해당 작가들이나 화가와 연출가들은 아무런 반응을 보이지 않았다. 원작자들이 오히려 그에게 감사해야 한다는 말까지 나왔다. 쿠 훌린이 소설로 발표하기 전까지 무명에 불과했던 작품들이 갑자기 동반 부활하는 기적을 보였다. 한동안 세계를 떠들썩하게 했던 이 논란은 새로운 구성 기법이라는 찬사로 마무리 지었다. 국내에서도 쿠 홀린의 구성 기법을 따라 하며 오마주 소설을 쓴 작가가 있었으나 독자 확보에 실패했다. 오마주를 빙자한 짜깁기 표절이라는 불명예스러운 이름을 남긴 채 문단에서 그의 이름이 사라졌다.

『섹스, 부활의 열쇠』는 전작과 다른 새로운 구성과 문체를 시도했다. 죽은 사람들의 이야기다. 정확히 말하면 살아있는 사람이 잠시 죽은 뒤 죽은 자들을 만나고 돌아온다. 그곳으로 가는 열쇠가 섹스다. 시간을 역순으로 달려가 천지창조, 아담과 이브가 인류 최초로 섹스했던 그 에덴동산으로 갔다. 죽음 이후의 세상에서 산 사람이 죽은 사람들을 만나며, 그들이 산 자에게 죽기 전에 못다 한 이야기를 들려준다. 낯선 세상의 이야기, 한 번도 가보지 않은 세상, 현세에 사는 사람들이 이해하지 못하는 그런 곳에서 사건이 만들어진다. 죽은 철학자들이 그곳에서 철학을 이야기하는 이 작품은 숨막힐 듯한 긴장과 의도적인 문장 뒤틀기와 단절로 뇌를 어지럽게 자극하며 출간과 동시에 독서 시장을 떠들썩하게 했다. 삶과 죽음을 넘나드는 경계

에 선 사람들. 첫 소설을 발표했을 때처럼 이렇게
도 소설을 쓸 수 있는가 하는 논쟁이 잠깐 있었지
만, 이번에도 역시 발행되자마자 화제를 불러일으
키며 그 논란을 잠재워 버렸다. 오히려 이전 작품
보다 흡입력이 더 강렬해졌다는 찬사가 쏟아졌다.
심지어 그의 작품에는 유령이 따라다닌다는 유언
비어까지 돌아다녔다. 그의 소설은 대부분 든 손에
완독했지만, 이번에는 뭔가 정말로 유령이 나타나
뇌 속을 휘저을 듯한 예감에 놀라 호세는 몇 번이
고 책을 덮었다 폈다 하기를 반복했다.

4

　토요일, 치과에서 가까운 곳에 있는 초밥집에서 호세와 운희가 처음 만났다. 가끔 호세가 혼자 식사하러 가던 가게다. 그녀가 좋아하는 음식과 장소를 말하라고 했는데 그는 딱히 좋아하는 음식이나 즐겨 가는 식당이 얼른 떠오르지 않았다. 떠오르지 않는 게 아니라 없다. 그제야 그는 개업한 이후 지금까지 자기를 위해 특별히 시간을 써 본 적이 거의 없었다는 걸 알았다. 가족과 외식하거나 여행한 일도 기억나지 않는다. 갑자기 슬픔이 파도처럼 밀려왔다. 코끝이 시큰하도록 밀려온 슬픔이 그의 온몸을 적셨다.

찰스 스트릭랜드, 호세는 서머싯 몸의 『달과 6펜스』의 주인공 찰스 스트릭랜드가 된 기분이었다. 반평생 증권맨으로 돈을 번 그는 정작 자신은 그 돈을 쓰지 못한다. 쓸 시간이 없다. 친구를 만나거나 잠시 취미활동으로 시간을 보내면 그 시간에 들어오게 될 돈이 먼저 계산된다. 돈이 증발하는 게 보인다. 머니머신은 돈을 만드는 '기계'지 돈을 쓰는 '사람'이 아니다. 찰스 스트릭랜드가 번 돈을 쓰는 사람은 그의 아내다. 쓰는 족족 곧바로 채워주는 화수분 같은 남편이 있어서 써도 써도 지갑이 비질 않는다. 사실 그의 아내도 돈 쓰는 즐거움을 모른다. 물 쓰듯 쓰니 그녀에겐 돈이 아니라 그저 물일 뿐이다. 이 지겨움에서 탈출하기 위해 그의 아내는 기계가 아닌 사람을 찾았다. 평소 좋아하는 작가와 화가 등 예술가들을 초대하여 식사하고 차를 마시며 담소하는 게 그녀의 즐거움이다. 그들이 돈을 삼키고 내놓는 배설물이 그녀에게는 예술이다. 그녀는 그 냄새 나는 예술을 먹고 산다.

『달과 6펜스』를 읽던 날 호세는 심한 몸살을 앓았다. 자기를 두고 쓴 소설 같았다. 우주의 낯선 행

에덴의 방

성에 와 있는 느낌, 그곳에서 탈출하려다 열병을 앓았다. 잠깐 카오스를 만나는 환각에 빠지기도 했으며 어둠의 틈으로 들어오는 희미한 빛도 보았다. 바깥에 있는 낯선 세상에서 자유를 찾으려고 찰스 스트릭랜드는 익숙한 세상을 버리고 낯선 세상으로 탈출했다.

이 소설을 읽던 호세는 자신도 찰스 스트릭랜드처럼 지구의 한쪽에 내팽개쳐진 듯한 기분이었다. 별안간 몸이 으스스 추우며 몸살 기운이 왔다. 친구들은 돈 많은 집 여자와 결혼하여 쉽게 의원을 개업했으나 호세는 첼로 하나만 달랑 들고 온 가난한 여자와 결혼했다. 연주회에 갔다가 주차장에서 자기 키만한 검은색 첼로 가방을 세운 채 붙잡고 발을 구르는 여자를 만났다. 그녀 앞에 펑크 난 소형승용차 한 대가 서 있었다. 그날, 출연 요청받은 그녀의 다음 행사장까지 태워준 인연으로 그녀와 운명처럼 결혼했다.

허름한 빌딩 3층에 월세로 들어가 은행융자로 진료기기들을 사들여 호세치과의원을 개업했다. 융자금 갚느라 일요일에도 문을 열었다. 딱 10년,

원리금 상환을 끝내고 잠깐 환상 같은 자유를 만났으나 곧 호세는 그 자유를 버렸다. 다시 은행융자를 얻어 강남 신사역 네거리 신축건물 2층을 분양받아 병원을 확장하여 옮긴 것이다. 이번에는 은행융자를 상환하는 데 20년 걸렸다. 온전한 자기 병원을 만들고 나니 그의 나이가 60을 넘겼다. 이제 대학 강의도 나가고 병원이 안정적으로 운영되는데도 그는 여전히 머니머신에서 벗어나지 못했다. 그러는 사이에 돈 버는 재미를 좇는 족쇄가 채워졌다. 찰스 스트릭랜드에게 가스라이팅 되어 버렸다. 찰스 스트릭랜드의 아내와 달리 그의 아내는 돈을 돈으로 알지만 돈을 벌 줄은 모른다. 오직 첼로에 자기의 시간을 기부하는 걸 지상의 행복으로 안다. 첼로의 삶을 위해 부지런히 자신의 삶을 태운다. 다행인 건 그에겐 자기만의 작은 둥지가 있다. 그는 이곳에서 베스트셀러 두 권을 냈다. 문학 작품은 아니고 진료 중에 만난 에피소드와 성장통을 앓은 비밀들을 수필 형식으로 쓴 책이다. 그래도 그는 여전히 혼자다. 가족은 저녁에 함께 잠자는 동반자일 뿐 종일 각자 따로 산다. 타이티로 가 '아타’를 만난 스트릭랜드처럼 죽는 날까지 그는 혼자일 것임을 잘 안다. 냄새나는 사람들의 입속을 열심히 들여다본 삶의 대가다. 병원도 집도 아닌 집필실이 그나마 그에겐 가장 행복한 안식처다. 그곳에 가면 자기만의 세계가 있고, 그 가상의 공간에서 음악을 듣고 책을 읽으며 수많은 사람들과 만난다.

스트릭랜드를 만난 뒤, 그는 고객들을 위한 병원 인터넷 단톡방 이름을 ‘스트릭랜드’로 바꾸고, 닉네임은 ‘아타’로 했다. 사랑니를 뽑은 뒤 돌아가던 운희가 자기 차트에 ‘사랑니’로 기록해 달라고 했을 때 호세는 이미 그녀와 유령 게임을 시작하고 있었는지 모른다. 가끔 식사하러 가던 초밥집을 그녀에게 일러주었을 때 그는 내심 벅차게 기뻤다. 유령의 그늘에서 벗어나 잠깐이나마 평화로움이 찾아왔다. 그 가게 주인과 주방장을 잘 안다는, 낯설지 않음을 발견한 기쁨이었다. 수많은 낯섦 속에 자기만이 아는 장소가 있다는 게 참 행복했다. 소확행, 이처럼 소소한 일이 그에게 큰 기쁨을 가져다주었다.

초밥집 벽에 걸린 우키요에[浮世絵]를 바라본
다. 일본의 민속화인데, 도슈사이 샤라쿠[東洲齋
寫樂]의 작품이다. 이 집에 오면 호세는 꼭 이 그림
아래 있는 테이블에 앉는다. 먼저 온 손님이 차지
하고 있으면 대기석에서 기다리며 이 자리가 비길
기다렸다. 샤라쿠는 안개 속 인물이다. 일본에서
거의 국보급 화가로 취급받지만, 그의 존재에 대해
아는 사람이 없다. 에도 시대 중기인 1794년 5월부
터 1795년 3월까지 홀연히 나타나 약 10개월간 활
동하다가 작품 145점을 남기고 사라져 버렸다. 어
디에서 온 사람인지 언제 태어나 언제 죽었는지도
모른다. 그림에 쓴 '東洲齋 寫樂'라는 이름으로만
남은 신비로운 인물이다. 언젠가 치과에 환자로 와
서 알게 된 교수 한 분이 『もうひとりの写楽』라는
책을 읽고 있었는데, 그 샤라쿠가 단원 김홍도라고
했다. 우리말로 하면 책 제목이 '또 한 사람의 샤라
쿠'다. 샤라쿠가 김홍도라는 사실을 밝힌 아동문학
가이자 소설가인 이영희 작가가 일본어로 출간한
책이다. 보통은 국내에서 먼저 출간하고 외국어 번

에덴의 방

역판을 내는데, 일본어로 써서 일본에서 먼저 출판했다. 당시 국내판은 나오지 않았다. 무심히 봤던 일식집의 우키요에가 샤라쿠라는 화가의 작품이라는 사실도 그는 그때 처음 알았다. 그는 곧바로 이 책을 해외직구로 구했다. 책을 읽기 위해 그는 일본어를 공부했다. 눈과 눈썹이 위로 치켜 올라간 우스꽝스러운 얼굴을 앞으로 쭉 내밀고 아랫배 위에 이상하게 생긴 양손 손가락을 쭉 펴고 있다. 이 그림의 작가 샤라쿠가 김홍도라는 새로운 사실은 그에게 별로 관심이 없었다. 언젠가 우연히 본 김홍도의 춘화春畫를 모은 『운우도첩雲雨圖帖』이 떠올라 혹시 이 책에서 춘화를 그린 과정을 찾을 수 있을까 하고 호기심이 발동했다.

샤라쿠의 우키요에에 호세는 김홍도의 춘화에 등장하는 인물들을 오버랩시켰다. 두 그림의 자유분방한 이미지가 겹쳤다. 특히 김홍도의 춘화 가운데 절에 불공드리러 간 여인과 스님이 섹스하는 그림은 단순히 보는 그림이 아니라 읽는 이야기까지 담았다. 동자승이 창문에 드리운 발을 살짝 들어 이들의 성희를 훔쳐보는 구성은 매우 적나라한 관

음觀淫이다. 자식을 점지하러 절에 불공드리러 갔
다가 스님 아이를 가지고 온다는 소문을 그대로 재
현하고 있다. 정조 임금을 위해 그려 바쳤다는 이
춘화는 오늘날의 포르노보다 더 강렬하게 성적 표
현을 실감 나게 살렸다. 온갖 다양한 체위의 섹스
장면을 김홍도는 어떻게 알았을까. 그가 살던 때
사진이 있었을 리도 없다. 양반 중심의 엄격한 윤
리가 옥죄던 사회에 그런 그림이 흔하게 돌아다닌
것도 아니다. 김홍도는 정조에게 춘화를 그려 바치
기 위해 기생방을 드나들며 그리지 않았을까. 정조
를 위하는 마음에 앞서 끓어오르는 자신의 욕망을
먼저 마음껏 해결했을지도 모른다. 그리하여 눈에
보이는 세상의 벽 너머 영혼의 자유가 숨 쉬는 공
간을 넘나드는 조선 최고의 화가가 되었으리라. 단
원이라는 아호 외에 사용하던 고면거사高眠居土라
는 이름에서 그의 이러한 자유와 여유로움이 그려
진다.

샤라쿠의 우키요에 아래 앉아 있으면 호세는 마
음이 안정되고 가슴이 뜨거워졌다. 남몰래 느끼는
관음증에 가까운 이 기분. 가끔 그는 거울을 보다

가 자기 얼굴이 낯설어 당황할 때가 있다. 환자를 치료하는 의사와 포르노를 가슴에 그리는 낯선 남자. 시소게임 같은 이 기분이 싫지 않았다. 처음에는 도덕적 잣대가 오물처럼 덮쳐 샤워를 하기도 했으나 시간이 지나면서 그 또한 무디어졌다. 그냥 느끼는 한순간을 받아들이면 된다. 'しゃらく(샤라쿠)'라는 단어에 '행동과 마음이 솔직하고 담백하다'라는 의미가 담겼다. 그런 의미로 김홍도는 우키요에를 그리고 나서 샤라쿠라고 서명했을까. 절대 지존인 임금의 지엄한 체면과 포르노, 무심無心이 아니고서는 이 두 개의 낯선 얼굴을 하나로 이해할 길이 없다. 주군을 위해 춘화를 그리며 김홍도는 정조보다 먼저 득음得淫했다. 자유의 문을 열고 영혼의 공간으로 가는 열쇠를 얻은 것이다.

이때부터 호세는 이 그림 아래 앉으면 편안해졌다. 무슨 일을 하기 위해 잇고 잘라야 하는 그런 공력 없이 그냥 가만히 앉아 있기만 해도 평화로워지는 빈 마음 그릇이 만들어진다.

꽤 기다린 듯한데 그녀, 운희가 나타나지 않는

다. 호세는 핸드폰을 켰다. 아직 약속 시각이 되지 않았다.

정확하게 약속 시각 10분 전에 그녀가 나타났다.

"일찍 나오셨네요. 오래 기다렸어요?"

"아뇨. 방금 왔어요."

미리 연습해 둔 것처럼 호세는 거짓말했다. 20분 정도 기다렸을 것이다. 그녀가 미소 지었다. 기대와 설렘, 등골 오싹한 두려움이 다시 교직한다. 그녀가 맞은편 의자에 앉았다. 설렘으로 그는 두려움을 조금씩 지운다. 그녀의 미소가 소르베처럼 달콤하다. 그 미소를 열고 그녀가 말한다.

"병원에서 봤을 때보다 훨씬 더 잘생겼어요."

"제 얼굴 본 적 있나요?"

"누워서 쳐다봤어요."

그녀의 이 말을 해독하는 데 호세는 잠깐 호흡을 가다듬는 시간이 필요했다. "누워서 쳐다봤어요." 이 말에 뜨거운 열기가 끓는다. 아래와 위라는 단어의 개념이 때론 이처럼 뜨거운 용광로가 될 수 있다는 걸 그는 처음 발견했다. 엉뚱한 그림을 그

에덴의 방

리다가 얼굴이 화끈거려 그는 얼른 지웠다.

"마스크로 얼굴을 다 덮었을 텐데요."

"눈빛에 담겨 있어요. 가슴 속까지."

그녀는 초밥집에 들어오자마자 머뭇거리지 않고 곧장 그에게로 왔었다. 진료실에서는 마스크를 착용하여 눈밖에 보지 못했을 텐데 그녀는 용케 한눈에 그를 알아보았다. 확인하듯 호세는 주위를 둘러보았다. 혼자 앉아 일행을 기다리는 남자가 여럿 있다. 한눈에 자기를 알아보았다는 게 그는 신통하기보다 놀랐다. 정말 유령 같은 여자다. 마주 앉는 순간, 무의식중에 그는 자기가 앉은 의자를 뒤로 조금 물렀다. 그제야 좀 편했다. 샤라쿠의 우키요에가 그를 내려다본다.

식사를 주문한 뒤 그녀가 먼저 그의 이름이 궁금하다며 물었다.

"가톨릭이세요?"

"아뇨."

"이름이 특이해요, 호세."

"클 호 자, 세상 세 자입니다."

"오, 그래요? 세례명인 줄 알았어요."

그의 아버지와 어머니가 스페인 신혼여행 중에
호세를 임신했다. 이를 기억하기 위해 그의 아버지
가 호세로 이름 지었다. 요셉(Jose)이 스페인어로
호세다. 요셉이 더 익숙하긴 하나 한자로 만들기
어렵고 성서의 요셉으로 오해할 수도 있어서 호세
濠世로 출생신고를 했다. 넓은 세상에서 크게 가슴
펴고 살라는 희망이 담겼다. 낯설고 촌스러워 어릴
때는 놀림을 많이 받았는데, 치과의원을 개업하고
보니 오히려 이 이름 때문에 유명해졌다. 호세치과
의원, 뭔가 스토리가 있을 것 같은 느낌을 준다. 가
끔 치료받으러 온 환자들이 진료 접수하면서 "의
사 선생님이 외국인이세요?"하고 묻는 경우가 더
러 있다. 환자들 가운데 유독 기독교 신자가 많기
도 하다. 가슴 펴고 세상을 살라는 희망과 반대로
그는 별로 사람들 앞에 나서본 기억이 없고, 결혼
도 예식장이 아니라 자주 가던 카페에서 친구들 몇
명을 불러 조촐하게 치렀다. 화려한 결혼에 대한
거부반응이 있은 게 아니라 결혼 비용을 아껴 개업
하는 데 보태야 했다. 첫 융자금을 다 갚을 때까지
그는 월세 집에서 살았다. 그의 부모님은 장가 잘

못 가서 생고생한다며 불만이었으나 그는 개의치 않았다. 부모가 살던 집을 팔지 않았으며 담보로도 이용하지 않은 것에 그는 큰 자부심을 가진다.

“이번에 여행 가시죠?”

“어? 그거 어떻게 아셨어요?”

“제 남편이 가는데, 명단에 선생님 이름이 있더군요. 이름이 특이해서 금방 알아봤어요. 아마도 대한민국에 그 이름 가진 분은 한 사람밖에 없을걸요?”

“그럼, 남편분이…?”

“작년에 은퇴했어요. 다른 집에 살아요. 졸혼, 뭐 그런 건 아닙니다. 내가 내보냈어요. 8년 전에. 몇십 년 함께 살았으니 이제 따로 한번 살아보자고 했어요. 서로 자기의 모태를 찾아 둥지를 만드는 중입니다.”

3박 4일 일정으로 일본 교토에서 국내 치과의사들이 모여 심포지엄을 한다. 호세는 개업한 뒤 처음으로 가는 해외 여행이다. 행사를 핑계 댔지만, 그에게는 여행이다. 새로 회장이 된 친구가 한 명 모자란다며 채워달라고 사정하는 통에 신청했다.

"부부 동반인데, 혼자 가시던데요?"

"네, 혼자 갑니다."

잠시 뜸을 들이던 그녀가 웃었다.

"선생님의 눈."

"네?"

"그날, 쇠막대에 달린 동그란 거울, 그거 이름 뭐죠? 그걸로 하트를 그렸을 때 거기 선생님 눈이 담겨 있었어요. 선생님은 그날 그 눈으로 하트를 그렸어요. 몰랐죠?"

"그랬어요?"

"그 눈이 나를 빤히 바라보던걸요. 여자는 남자와 뇌 구조가 달라요. 그런데… 제겐 왜 같이 안 가느냐고 묻지 않죠?"

"뭐가요?"

"일본."

"아, 그거. 운희 씨가 이미 대답했는데. 내보냈다고."

"선생님은 뇌 구조가 다른 남자들과 좀 다르네요. 빨라요. 저와 같은 구조?"

운희는 웃으며 호세의 눈을 빤히 바라본다.

“나중에 같이 가죠, 여행. 우리 둘만 따로.”

호세는 잘못 들은 줄 알았다. 이건 뭐지, 하는데 그녀가 말을 잇는다.

“진하게 키스할 수도 있잖아요.”

미사일처럼 날아온 그녀의 말이 그의 심장에서 폭발했다. 그는 얼른 물을 한 모금 마셨다. 급히 마시느라 사레 걸려서 얼굴이 발개지도록 그는 기침을 해댔다.

그때 초밥이 나왔다. 초밥 12개를 호세는 어떻게 먹었는지 모른다. 뜨겁게 올라오는 기운이 초밥을 자꾸 밀어냈다. 대충 씹고 된장국 한 모금 마시며 억지로 삼켰다. 식사하는 내내 그녀 혼자 말했다.

“제 차트에 ‘사랑니’ 적었어요?”

대답 대신 호세는 그녀의 눈을 바라봤다. 입에 넣은 초밥의 생선이 좀 질겨서 몇 번째 다시 씹어도 목에 넘어가질 않는다. 된장국이 바닥이 나 그는 추가 주문했다.

“입술이 예뻐요.”

그녀의 말에 그의 입술이 미세하게 경련을 일으

컸다. 유치한 말 같은데 그는 싫지 않았다. 그녀가 그를 빤히 바라본다. 덜 씹힌 초밥이 꿀꺽 목구멍으로 넘어가 버렸다. 오늘따라 그는 밥 먹는 속도가 평소보다 두 배나 빨랐다. 여자의 초밥은 아직 반이나 남았다. 그녀가 자기 초밥 세 개를 그의 빈 나무판에 올려준다.

"아뇨, 많아요."

"배불러도 요거 3개는 더 들어가요. 제 배에 다 들어가면 터져요."

이번에는 그녀가 소리 내어 웃는다. 그는 그녀가 건네준 초밥을 마저 먹었다. 식사가 아니라 그에게는 전쟁을 치르는 기분이다. 나중에 같이 가죠, 여행. 우리 둘만 따로. 진하게 키스할 수도 있잖아요. 하던 여자의 말이 벌이 되어 윙윙거리며 그의 귓속을 헤집고 다녔다. 시간이 지나면서 벌은 점점 커져서 그의 뇌 속을 날아다녔다. 이 벌을 잡아내지 않으면 그는 심장이 터져 죽을 것 같았다.

둘이 함께 여행 갈 계획은 미지수다. 말은 그렇게 했으나 실제 성사되리라는 보장도 없다. 오물오물 초밥을 씹는 그녀의 입술을 바라보던 호세는 머릿속에 돌아다니는 벌을 잡아낼 방법을 알아냈다.

초밥집에서 식사한 뒤 커피숍에 가자는 운희를 호세는 자기의 둥지로 데려왔다.

5

쿠 홀린의 장편소설 『섹스, 부활의 열쇠』를 호세는 3일 뒤에 다시 읽었다. 사람들의 찬사와 달리 특이하게 이번 작품은 강렬한 흡입력 때문에 오히려 물 흐르듯이 읽을 수 없다. 섹스와 철학, 형이상학적 개념 정리가 뜬금없이 소설에 등장한다. 아마도 이번 작품은 베스트셀러에 오르기가 쉽지 않을 듯하다. 왜 있잖은가. 매운 떡볶이나 불닭발을 먹고 설사해 본 사람들은 안다. 다시는 안 먹겠다며 다짐하고는 또 먹는다. 먹을 때의 그 고통에 묻어오는 행복을 잊지 못해서다. 이마와 코끝에 알알이 맺히는 죽을 만큼 진한 쾌락에서 짜낸 물방울, 쾌락의 결정이다. 행복에는 반드시 불행과 고통이 함께 있다는 걸 '설사'가 증명했다. 그의 작품을 읽다가 3일 동안이나 책을 덮어 둔 경우는 이번이 처음이다. 몇 번이나 더 덮었다 폈다를 반복해야 할지 모른다. 쾌락의 물방울은 사막을 건너는 고독과 고통 끝에 얻어진다. 이게 철학의 명제, 자유로 가는 길이다. 천천히 호세는 소설을 읽어 내려갔다.

10월 28일, 에덴의 방을 떠난 남자와 여자가 도착한 곳은 캄캄한 방이었다. 방이라고 했으나 사실 공간이다. 둘은 그 방의 벽에 닿아본 적이 없다. 그럼에도 벽은 존재한다. 둘은 실체로 존재하는 게 아니라, 작은 점이다. 어둠의 공간에 별처럼 떠 있다. 남자와 여자가 아니다. 하나의 심장이 존재한다. 시공간을 초월한 어둠 속에 뜬 하나의 별, 에덴이다. 두 개의 심장이 하나가 된 별. 그 별에 남자와 여자가 한 몸으로 떠 있다. 어둠 역시 부재不在가 아니다. 그 어둠 속에는 수천 년의 사유가 침전된 심연이 있다. 이 모든 것들은 영혼이 되어야 보인다. 육체를 떠난 영혼. 사방에는 책이 빼곡하게 박힌 책장이 있다.

그 둘이 도착했을 때 책장에 갇힌 문장들이 튀어나와 흙가루처럼 흩어지더니 서서히 형체를 갖추어 나갔다. 최초의 인간, 흙으로 빚은 아담처럼 사물화되었지만 실제로는 작은 점으로 된 별이다. 영혼이 모인 별들에게만 그렇게 보일 뿐이다.

먼저 나타난 건 **플라톤**이었다. 그는 깨진 항아리를 들고 있었고, 항아리 속에서 별빛 같은 물방울이 흘러내렸다. 그의 눈빛은 투명했으나 차갑게 번뜩였다. 어디서 본 듯한 모습이다. 아, 아테네 학당이다. 아리스토텔레스도 있고 라파엘도 함께 있던 그 아테네 학당에서 만났다. 플라톤은 그때처럼 손을 들어 에덴의 별을 가리키며 말했다.

"인간은 늘 그림자의 동굴에 묶여 있다. 너의 학문, 너의 강의, 너의 언어도 그림자일 뿐이다. 그러하니 조심하라 철학자여. 너는 그림자를 벗어나기보다 오히려 그림자를 숭배하고 있지 않은가? 그림자를 가르치고, 그림자를 논문으로 인쇄하고, 그림자를 진실이라 부르고 있지 않은가?"

플라톤은 처음 만나는 두 사람에게 대뜸 '보편

자(universal)’에 관한 질문과 답을 던진다.

“소크라테스와 나 플라톤, 잠시 뒤 올 아리스토텔레스, 뭐? 그 녀석은 안 온다고? 그럼, 누가 오나? 아, 니체가 오는구나. 그래 니체. 이들을 모두 ‘사람’이라고 부른다. 왜? 소크라테스, 플라톤, 니체라 하지 않고, 사람이라고 하는 이유가 뭘까. 소크라테스, 플라톤, 니체라는 인간에게 공통으로 존재하는 본질이 있어. 눈에 보이지 않는 그 본질의 개념을 나타내는 이름이 ‘사람’이야. 이 어둠의 방에서는 언어의 분별이 없다. 낯선 소리로 들리나 듣는 사람이 들을 수 있는 언어로 변신한다.”

플라톤의 강의는 원래 좀 지루하다. 아테네 학당 시절 아리스토텔레스는 그래서 일부러 지각했다. 플라톤은 한 수 더 떠 그가 올 때까지 수업을 시작하지 않았다. 아마 오늘도 그래서 그는 오지 않거나 맨 나중에 등장할 것이다. 플라톤의 보편자 강의가 계속된다.

“여러 개별 사물에 공통으로 존재하는 추상의 성질 또는 개념을 보편자라고 한다. 생긴 것과 성질이 다른데도 그냥 모두 ‘사람’이라고 하는 건 보편자 개념이다. 이 보편자에는 '…다움'이라는 의미가 내포되어 있다. '사람'은 사람다움이다. 각자 생긴 게 다르지만, 우리 머릿속에는 사람다움으로 기억되고, 이를 통해 사람이라고 인식한다. 이 '…다움'이 이데아(Idea)다. 보이지 않는 감각 너머에 존재하는 완전하고 영원한 모양의 개념, 그것이 본질이다. 그대 두 사람이 이 어둠의 방에서 사물을 볼 수 있는 것 또한 이데아다. 육체를 해체하고, 사랑을 태울 때, 그 불타는 정염 너머에 있는 보이지 않는 실존을 발견하는 것. 이 또한 이데아의 세계다. 이 어둠의 방, 이 심연에 흐르는 물질은 모두 이데아다."

강의가 끝난 듯했는데, 플라톤은 "아, 참 하나를 빠뜨렸다. 메타언어를 빼먹으면 연결되지 않아" 하면서 다시 말을 잇는다. 지겨워서 강의실에서 도망치고 싶었다는 아리스토텔레스의 심정이 이해된다. 에덴의 별은 그러함에도 그의 강의가 한 번도 들어보지 못한 내용이라 잔뜩 호기심이 갔다.

"쉬클로프스키와 야콥슨이 역설한 러시아 형식주의가 메타언어를 내놓았지. 이들이 뜬금없이 문

에덴의 방

학의 형식을 과학적으로 연구해야 한다고 했어. 익숙함을 파괴하고 낯섦을 보는 게 형식주의의 핵심이야. 그 낯섦을 이해하는 장치가 메타언어지. 쓰는 사람, 말하는 사람, 그리는 사람이 있으면 읽는 사람, 듣는 사람, 보는 사람이 있어. 이 여섯 개의 언어는 창작자와 이용자 간에 소통하는 기호인데, 표현 양식으로 사용하는 고유 문자와는 다른 형식을 지닌 언어야. 이 고유 문자 너머에 있는 낯선 언어를 이해해야 소통을 할 수 있어. 예술을 이해하는 언어지. 이를 이들이 메타언어라고 했어. 톨스토이의 중편소설 「홀스토메르」에서 러시아 형식주의가 탄생한 거야. 톨스토이, 그 친구 정말 대단한 인물이야. 그 친구는 홀스토메르라는 말[馬]을 좋아했는데, 그 말의 언어에서 메타언어를 찾은 거지. 톨스토이는 철학가보다 더 뛰어난 철학을 한 문학가야."

에덴의 별 눈에 책장 위로 강의실 백색 벽이 서서히 겹친다. 그 벽은 갈라져 꽃무늬 벽지로 바뀌었고, 벽지는 심장처럼 고동쳤다. 에덴의 별 속에서 남자가 자기 언어로 **"그림자와 실재는 서로의 거울이다."**라며 중얼거렸다. 여자는 남자의 속말을 자기 언어로 들었다. **"실재와 그림자는 서로의 거울이다."** 두 사람의 언어가 하나의 빛으로 반짝였다. 지상의 많은 사람들이 이 별빛을 보게 될 것이다. 어느 시인은 이 별빛의 언어로 시를 쓴다.

그러는 사이에 책장에서 튀어나온 흙이 또 다른 형상을 만든다.

플라톤이 사라지고 **니체**가 서 있다. 그는 폭풍 같은 웃음을 터뜨리며 뜬금없이 망치를 휘둘렀다. 망치는 바닥을 치는 것이 아니라, 공기를 울렸다. 그러자 방 안의 공기가 번개처럼 갈라지고 천둥처럼 울었다.

"신은 죽었다. 그러나 인간은 여전히 노예다. 너의 강의, 너의 제도, 너의 도덕, 모두가 무덤의 돌에 지나지 않는다. 너는 자유를 말하지만, 네 자유조차 규범의 족쇄다. 내가 말하노니, 너 스스로 불길이 되어 태워라. 무너뜨려라, 가르쳐진 모든 것들을 가르치되, 불길로 가르치라!"

　니체의 웃음이 어둠을 밀어내며 방 안에 번쩍였고 커튼이 화염처럼 흔들렸다. 남자와 여자, 에덴의 별은 정신이 번쩍 들었다. 그의 언어는 그림이다. 언어를 듣고 해득하는 게 아니라, 언어를 보고 해체하여 씹어먹어야 한다. 방금 플라톤이 말한 메타언어를 인식해야 한다. 언어가 몸이 되어야 니체가 살아난다. 화가 살바도르 달리의 「기억의 지속」을 연상하라. **데페이즈망!** 익숙함에서 낯섦으로 의식을 옮겨라! 고정관념이 된 일반상식의 맥락에서 대상을 떼어내어라. 이를 이질적인 상황 안에 배치하여 낯섦을 그려야 한다. 그가 망치를 들고 외쳤던 "영원회귀!"는 우주공간을 철학으로 재해석한 해답이다. 우주는 힘의 질량으로 이루어졌고, 그 질량은 조금씩 줄어든다. 줄어들지 않으려면 끊임없이 회귀해야 한다. 영원회귀. 스스로 돌고, 태양을 가운데 두고 영원히 돌아야 질량을 보존하며 지구가 된다. 나는? 너는? 너도 돌고 나도 돈다. 그래서 오늘 이 시간, 지금의 존재가 에너지다. 주어진 이 순간의 에너지를 태워버려라. **아모르파티!** 그렇지 않으면 우리는 우주공간에서 미아가 된다.

글 쓰는 행위를 니체는 수치라고 했다. 그는 그 수치를 써야만 했다. 그래서 말했다.

"모두 읽을 수 있는 책을 쓰느니 아무도 읽을 수 없는 책을 쓰고 싶다."

니체는 몇몇 뛰어난 이들에게만 질문을 던진다. 차라투스트라를 통해 그는 정신의 변화를 세 가지로 정의했다. 무거운 짐을 지고 사막을 건너는 낙타처럼 인간의 정신은 사막으로 달려가야 한다. 물 한 방울 없는 삭막한 모래 더미에 도달해야만 비로소 거대한 정신에 이른다. 고독한 사막, 그 사막에서야 인간의 정신이 사자가 된다. 자유가 고개를 든다. 정신을 사막의 군주로 삼기 위해 외친다. "나는 단지 하고자 할 뿐이다!" 여기가 끝이 아니다. 사자는 파괴를 하되 스스로 정신의 가치를 창조할 수 없다. 어린아이가 되어야 한다. 어린아이가 되었을 때 정신의 가치가 창조된다. 루쉰이 소설 「광인일기」에서 "어린아이를 보호하라!" 하고 외쳤듯이 니체가 외친다.

"모두 어린아이가 되라!"

정신을 쏙 빼놓는 니체에게 에덴 별 속의 남자는 평소 묻고 싶은 게 있었다.

"위대한 니체여, 당신은 왜 살로메에게 청혼했다가 거절당했는가? 차라투스트라에게 묻지 말고, 그대 니체가 직접 말해 보시오."

방을 나가려던 니체가 뒤돌아보며 말했다.

"오직 고뇌만이 인간을 성장시킨다. 고통만이 육체를 파괴하고 정신을 해방할 수 있다. 이것이 인간이 이르는 곳이다. 정신을 고통 속에 방목하라."

에덴의 별 속 남자는 니체와 파울 레에가 살로메와 함께 동거한 '삼위일체' 관계에 대해 더 알고 싶었다. 이 두 남자와 한 여자의 동거로 니체의『차라투스트라는 이렇게 말했다』가 탄생했다. 러시아 상트페테르부르크 출신인 살로메는 19살 때 취리히대학에서 철학과 종교사, 미술사를 공부했다. 피를 토하며 공부하던 중 병이 깊어 로마로 휴양을 떠났다가 그곳에서 철학자 파울 레에를 만난다. 레에는 첫눈에 살로메에게 반하여 청혼했으나, 거절당했다. 이때 살로메는 레에에게 남자 두 명과 자신이 함께 공동 생활하자는 제의를 한다. 살로메를 놓치고 싶지 않은 레에는 니체를 불렀다. 니체 역시 살로메를 보자마자 첫눈에 반해 "우리는 어느 별에서 떨어져 나와 오늘 여기에서 만났을까요?" 했다. 지성으로 똘똘 뭉쳐진 살로메는 촌스럽고 유치한 니체의 이 유혹에 정나미가 떨어졌다. 니체의 청혼도 거절당했다.

니체는 그녀를 포기할 수 없었다. 큰 눈에 오뚝 선 콧날, 황금빛 머리카락, 거기에다 지성으로 다져진 그녀의 정신, 그녀는 존재 그 자체에서 빛이 번쩍였다. 파울 레에 역시 살로메를 놓치기 싫었다. 결국 그녀가 요구하는 대로 세 사람이 동거하기로 했다. 라이프치히에서 세 사람이 동거를 시작한다. 두 남자와 한 여자, 섹스 없는 정신적 동거, 이것이 이들의 '삼위일체'다. 남자 둘, 여자 하나가 한 몸이 된 것이다. 살로메는 이때를 회상하며 "책과 꽃향기가 가득 찬 작업실. 양쪽에 있는 두 개 침실을 왔다 갔다 하며 두 지성인과 함께 작업했다." 라고 말했다. 놀라운 일은 이때 이들은 육체를 떠나 영혼 동거를 했다. 가능한가? 이 삼위일체는 많

에덴의 방

은 사람들의 상상을 불러일으켰다. 듣도 보도 못한 낯선 섹스다. 사람들은 이를 '지적 섹스'라고 말했지만, 우리가 흔히 알고 있는 그런 섹스를 연상하는 이들에게는 전혀 이해할 할 수 없는 그들 세 사람만의 세상을 만든 것이다.

에덴의 별 남자는 이것을 니체에게 묻고 싶었으나 답을 얻지 못했다. 니체는 자기가 아는 것만 내뱉고 나서 녹여버리려는 듯 남자와 여자, 에덴의 별을 쏘아보다가 나갔다. 그의 뜨거운 눈빛에 두 사람은 뼛속이 불타는 듯 떨렸다.

이어 나타난 사람은 **하이데거**였다. 그는 무겁게, 천천히, 그러나 피할 수 없는 그림자처럼 다가왔다. 그는 별 속에 있는 두 남녀를 잠시 떼어놓았다. 그의 손이 남자의 어깨에 얹혔다. 그 순간 남자는 무덤 속에 자신이 누워 있는 장면을 본 듯했다. 하이데거의 목소리가 들렸다.

"인간은 존재를 망각하고 있다. 네가 연구하는 언어, 네가 집착하는 개념은 존재를 은폐한다. 존재는 언어의 집에 머문다고 하였으나, 그 집은 이미 붕괴하는 중이다. 존재는 개념이 아니라 네가 죽음을 앞질러 살 때 드러나는 것이다. 존재는 심장의 두근거림, 폐의 숨, 네가 지금 여기에서 죽음을 자각하는 바로 그 순간에만 깨어난다."

하이데거의 목소리는 무덤의 흙처럼 무겁고 파도처럼 출렁였다. 에덴의 별 남자는 가슴이 철렁 내려앉았다. 존재함으로써 존재한다. 자신의 존재에 대한 끝없는 의문이 솟아올랐으나 그는 질문할 엄두를 내지 못했다. 방은 멈추지 않고 출렁인다.

아, 그가 나타났다. **쇼펜하우어**다. 그는 방에 들어오자마자 외친다. **세계는 나의 표상이다**! 세계는 주관 없이 존재할 수 없다. 우리가 보고 인식하는 것은 시간과 공간, 그 인과율의 틀로 이루어진 현상이다. 이 모든 건 의지와 표상이며 원인과 목적 없이 존재의 무의식적 충동으로 생성된다. "사니까 살아간다."라고 한 장편소설 『인생』을 쓴 중국 소설가 위화余華 역시 의지를 말한다. 살려고 하는 그 자체가 의지다. 맹목적 욕망의 지배에서 벗어나 순수한 관조로 세상을 바라본다.

에덴의 방

"나는 합리적 이성을 가진 인간을 거부한다. 특히 헤겔과 칸트, 현실의 모순을 망상 언어로 미화하는 이 두 인간. 인간을 속박하는 그 어느 철학도 개소리다!"

의지와 표상으로서의 세계, 쇼펜하우어는 자신이 기르는 푸들을 '아트만'이라 이름 지었다. 어떤 이들이 그가 기르는 개를 '헤겔'이라 이름 지어 부른다며 헛소문을 퍼뜨렸다. 아트만(Atman)은 인도 철학 용어며 산스크리트어로 '자아' 또는 '영혼'을 뜻한다. 푸들을 부를 때마다 그는 자신의 자아와 영혼을 불러낸다. 그는 인도 철학을 좋아했다. 특히 석가모니의 깨달음의 실체가 쇼펜하우어 철학을 완성하는 원동력이 되었다. 집필실 책상 위에 불상을 올려두기도 했다. 종교로서 불교를 좋아한 게 아니라 모든 소유를 포기하고 빈 몸으로 자아를 깨달은 석가모니의 그 정신을 받아들였다. 자아에서 보내는 의지의 표상이 곧 세계다. 의지가 없으면 표상도 없으며 존재하지도 않는다.

에덴의 별 남자는 쇼펜하우어에게도 묻고 싶은 게 있었다. 바그너와 니체, 그리고 히틀러, 그를 따르던 제자들은 하나같이 정신이 온전치 못했다. 왜 그런가? 하는데 이미 쇼펜하우어는 방을 나가버렸다.

또 다른 파동이 스며들었다. **노자**가 나타났다. 그의 몸은 강물처럼 흔들리고, 목소리는 바람처럼 낮았다.

"도道는 이름 붙이는 순간, 이미 도가 아니다. 진실은 언어에 묶이지 않는다. 진실은 비워지는 항아리, 흘러가는 물, 스스로 생성하는 그러한 흐름, 자연自然이다. 너는 아직도 머리로 존재를 붙잡으려 하느냐? 흐름을 붙잡는 순간, 흐름은 이미 사라진다."

노자가 손을 휘젓자, 커튼이 강물로 바뀌어 남자와 여자의 폐 속으로 흘러들었다. 致虛極守靜篤(치허극 수정독), 공허함에 이르고 고요함을 지켜라. 고치고 부수고 길을 만들지 말고, 있는 그대로 나무와 숲을 흘러가는 강물처럼 두어라. 자연이 길이다.

에덴의 별 남자는 숨을 고르며 떨었다. 노자에

게는 물어볼 말이 없다. 자연 속에 답이 있다니, 뭘 물어보겠는가. 모르는 것, 그것 역시 무위無爲의 답이다.

마지막으로 나타난 사람은 **장자**였다. 그의 눈빛은 아이 같았으며 목소리는 꿈속의 바람 같았다. 니체는 장자가 자기보다 더 오래전에 존재했다는 사실을 몰랐을까. 니체가 부르짖은 '어린아이'는 이미 장자가 만들었고, 니체는 장자가 만든 어린아이였다. 장자가 에덴의 남자에게 묻는다.

"너는 지금 꿈을 꾸는가? 너는 교수인가, 나비인가, 아니면 방 그 자체인가? 경계는 없다. 경계는 인간이 스스로 묶어둔 그물일 뿐이다. 자유로운 자는 경계 위에서 날개를 펼친다. **우화이등선羽化而登僊!**"

장자의 말이 끝나자, 방 안에 수많은 나비가 날아올랐다 그들의 날개는 환한 별빛을 흩뿌렸고, 남자와 여자의 온몸은 그 빛 속에서 떨렸다. 불현듯 어둠 속에 소동파蘇東坡의 시 「적벽부赤壁賦」가 날아와 조각조각 날아다닌다. 凌 萬 頃 之 茫 然 浩

浩 乎 如 憑 虛 御 風. 남자가 날아다니는 글자를 재빨리 잡았다. 능 만 경 지 망 연 호 호 호 여 빙 허 어 풍, 이 중에서 두 글자를 겨우 붙잡았다. 凌(능)과 虛(허)다. 凌虛(능허), '내'가 허공에 이르렀다. 남자는 잡은 두 글자를 허공으로 던져 날렸다. 두 마리 아름다운 나비가 훨훨 날아 만경萬頃을 넘어 능허교凌虛橋를 건너간다. 능허에 이르는 길, 이것이 **우화이등선**이다. 알을 깨고 애벌레가 되었다가, 다시 고치 안으로 들어가 번데기가 되고, 그 번데기가 다시 고치를 뚫고 나와 나비가 된 것이다. 이 질곡의 변화와 파괴가 나비가 되는 길이다. 우화이등선이다.

초록별의 남자는 방을 나가려는 장자에게 황급히 질문을 던졌다.

"동양의 니체라 불리며 절대 자유를 꿈꾸었던 장자여, 만인이 신선이라 추앙하는 장자께서 고분이가鼓盆而歌라니 도무지 이해할 수 없어요. 장자께서도 섹스를 좋아했나요?"

장자는 잠시 멈칫하더니 껄껄 웃었다.

"장자도 사람이며 아내를 두고 자식을 낳아 길

렀으니 어찌 그걸 마다할 리 있겠소. 내가 아내를 둔 게 그리 이상하오? 식물이 제 씨앗을 수정하여 번식하는 것처럼 인간도 순리에 맞추어 무위자연無爲自然하는 게요. 남녀 간의 운우雲雨 역시 무위자연 아니오? 권위와 도덕, 명분을 해체하고 무한 자유를 얻기 위해 자연의 순리를 따르는데, 이걸 도추道樞라 하오. 이건 내가 『장자』「제물론」에서 한 이야기요. 그대들이 이곳에 온 것도 무위자연 순리를 따른 건데…. 아, 내가 아내 장례 때 항아리를 두드리며 노래한 걸 물었지. 이걸 두고 사람들이 이러쿵저러쿵하는 모양이나 이곳에 오기 전에 충분히 설명했소. 그걸로 부족하다는 거요?”

“고분이가가 궁금한 게 아니라, 부인이 세상을 떠난 일이 좀 석연치 않아요. 일설에 의하면 장자께서 부인을 죽였다고 하던데, 사실입니까?”

“허어, 그대도 그 영화를 보았구먼. 그 영화 때문에 나도 여기 와서 좀 곤욕을 치렀소. 영화는 영화일 뿐 애꿎게 이곳에 있는 나에게까지 끌고 올 만한 사건은 아니오. 그대가 만나려고 한 그 자벨이라는 경감이 명 수사관이라던데, 차라리 그 사람에게 물어보는 게 낫겠소. 자, 이만 가겠소.”

장자가 방에서 나갔다. 그동안 침묵하던 에덴의 별 여자가 “질문이 애매모호하니 대답이 오리무중일 수밖에 없어요. 나도 뭔 질문인지 뭔 대답인지 모르겠어요.”

이 이야기는 『장자』 「지락至樂」 편에 나온다. 장자의 아내가 죽어 장례를 치르는데, 장자가 항아리를 두드리며 노래를 불렀다. 문상을 온 장자의 친구 혜시가 이를 보고 “이 사람아. 부인이 세상을 떠나 울어도 시원찮을 텐데 악기를 두드리며 노래하다니. 평생 뒷바라지하며 자식을 길러 준 부인한테 이럴 수 있는가!” 하고 나무랐다. 장자는 “내 아내가 죽었는데 어찌 슬프지 않겠는가. 그런데 생각해 보니 울 일이 아닐세.” 하고는 설명했다.

사람은 본디 형체도 생명의 기운조차도 없었다. 자연의 순리(부모의 섹스)로 홀연히 기운이 생기고 형체가 만들어져 생명으로 태어났다. 스스로 오고자 한 게 아니라 운명이 그렇게 만들었다. 누구든 그러하며, 운명이 다하면 다시 본래 있던 그 자

에덴의 방

리로 돌아가 본래 그랬던 것처럼 존재 없이 존재하는 별이 된다. 마치 봄 여름 가을 겨울이 변화면서 다시 순환하듯 인간의 생명도 그러하다.

설명을 끝낸 장자는 "이러할진대 뭐가 슬픈가. 내 아내는 여기보다 더 좋은, 본래 있던 그곳으로 갔네. 어쩌면 지금 여기에서 그대와 나를 보고 있을지도 모르네. 그러니 축하 노래를 불러야 하지 않겠는가?" 했다. 에덴의 별 남자는 장자의 설명이 고분이가처럼 파괴가 있어야 부활의 재생이 있다는 말로 들렸다. 처음부터 삶과 죽음은 하나의 몸이라는 의미다.

에덴의 별 남자는 이러한 설명보다 왜 장자의 아내가 죽었는지, 그 이야기를 듣고 싶었다. 고사에 나타난 대로라면 장자의 아내는 장자 때문에 죽었다. 장자가 아내의 바람기를 시험하다가 죽음에 이르게 한 것이다. 천하의 장자답지 않은 이야기다. 이 이야기는 영화로도 만들어졌다. 홍콩에서 제작한 중화권 최초의 무성영화 「장자시처莊子試妻」가 고분이가를 소재로 만들었다. 영화 제목 '莊子試妻(장자시처)'는 '장자가 아내를 시험하다'다. 아내의 바람기를 시험하다가 죽음에 이르게 했다. 장자라는 큰 인물이 남긴 철학과 이 영화 이야기 사이에는 엄청난 사유의 낙차가 존재한다. 그래서 에덴의 별 남자는 그걸 절대적 자유를 꿈꾸었던 철학자 장자에게 직접 듣고 싶었다. '장자시처' 이야기는 이렇다.

기원전 300년 춘추전국시대에 일어난 사건이다' 장자가 외출했다가 돌아오는 길에 한 무덤 앞에서 부채질하는 젊은 여인과 마주쳤다. 그녀의 남편이 세상을 떠날 때 "내 무덤의 잔디가 마르거든 재가하라."하고 유언했다. 그래서 여인이 남편의 무덤에 심은 잔디가 빨리 마르도록 부채질했다. 땀 흘리는 여인이 가련하여 이를 도와주려고 장자가 여자의 부채를 건네받아 대신 부채질해 주었다. 곁에서 이를 지켜보던 여인이 하늘에서 새 남자를 점지해 준 걸로 여기고 장자에게 다가가 살냄새 풍기며 추파를 보냈다. 놀란 장자가 도망쳐 헐레벌떡 집으로 들어왔다. 이를 본 장자의 아내가 여성용 부채를 쥐고 뛰어 들어온 남편을 의심했다. 이를 추궁할 사이도 없이 이미 몸이 불같이 달아오른 장자는 아내를 끌고 안방으로 가서 대낮에 득달같이 운우의 정을 나누었다. 일이 끝나자, 장자는 문득 자기 아내도 그 여인처럼 자기가 죽으면 곧장 새로운 남자를 찾아갈 거라는 의심을 했다. 장자는 아내를 시험해 보기로 한다. 며칠 뒤 장자가 죽는다. 물론 거짓 죽음이다. 장례를 치르던 날 어둠이 내릴 때쯤 한 귀공자가 종자를 거느리고 하룻밤 묵기 위해 장자의 집으로 왔다. 상중인 줄 모르고 들어왔다가 그냥 돌아나가려는데 장자의 아내가 붙잡는다. 죽은 남편의 방에 그 귀공자를 묵게 할 참이다. 장자의 아내는 얼른 이부자리를 펴주고, 안방으로 와서 상복을 벗고 평복으로 갈아입은 뒤 술상을 차려 귀공자에게 갔다. 그런데 귀공자가 갑자기 입에 거품을 물고 발작하는 거였다. 놀란 장자의 아내가 종자에게 물으니, 귀공자가 평소 지병이 있다는 것이다. 동물의 골을 먹어야 낫는다고 한다. 이 밤중에 여자의 몸으로 짐승을 잡으러 갈 수도 없어 고민하던 장자의 아내는 무릎을 쳤다. 죽은 장자의 골을 귀공자에게 먹일 생각을 한 것이다. 사람도 짐승 아닌가. 이미 죽은 짐승인데, 죽은 이의 골로 죽어가는 사람 하나 살린다면 벌받지 않을 거라 여긴 것이다. 장자의 아내가 도끼를 움켜쥐고 달려가서 남편의 관 뚜껑을 열자, 죽었던 장자가 벌떡 일어나 앉는다. 기겁하며 놀란 장자의 아내는 도끼를 팽개치고 뒤로 벌렁 자빠졌다. 장자가 "상중에 왜 평복을 했소? 저 도끼는 또 뭐요?" 하자, 대답할 정신이 있을 턱 없는 장자의 아내는 남편을 팽개쳐 둔 채로 황급히 귀공자가 든 방으로 달려갔다. 희한한 일이 눈앞에 기다렸다. 귀공자도 그의 종자도 사라지고 이부자리도 본래 있던 자리에 잘 정리되어 있었다. 뒤따라온 장자가 "그 귀공자를 찾는 게요?" 하고 물었다. 할 말을 잃고 허둥대는 그의 아내에게 장자가 "이건 모두 내가 꾸민 일이오." 했다. 이 말을 들은 장자의 아내는 창피해서 곧장 달려 나가 항아리를 머리에 뒤집어쓰고 죽어 버렸다. 장자가 아내의 장례를 치르면서 아내가 쓰고 죽은 항아리[盆]를 두드리며[鼓] 노래[歌]를 불렀다. 이게 고분이가鼓盆而歌다.

철학자들의 목소리, 아이의 웃음, 커튼의 호흡이 방 안에서 뒤섞였다. 플라톤의 항아리, 니체의 망치, 하이데거의 손, 노자의 강물, 장자의 나비. 모두가 에덴의 별 몸 안으로 흘러들었다. 남자는 마침내 외쳤다.

"존재는 개념이 아니라 살이다. 형이상학은 언어가 아니라 심장이다. 죽음은 종말이 아니라, 사랑과 탄생의 또 다른 이름, 부활이다!"

방이 흔들렸다. 커튼은 심장처럼 고동쳤고, 벽지는 별빛으로 터졌다. 존재론은 더 이상 책 속에 있지 않았다. 방안에도 없다. 그들의 땀과 피와 숨 속에서 살아 있는 고동으로 뛰고 있었다.

여기까지 읽은 뒤 호세는 『섹스, 부활의 열쇠』를 덮었다. 머릿속이 어지럽다. 고통이다. 카프카는 "책은 도끼다."라고 말했으나, 이건 도끼가 아니라 토르가 휘두르는 해머다. 책 읽는 일이 고통이라 여긴 건 처음이다. 재미없다는 뜻은 아니다.

엉킨 듯 무질서 속의 질서, 그 길을 찾는 기쁨이 있다. 길을 잡으려면 호흡을 멈추어야 하는데, 그대로 숨이 막힐 것 같다. 고통스러워하면서도 다시 책을 찾게 한다. 이게 소설인가? 우리가 아는 그런 소설이 아니다. 서사구조가 없다. 주인공은 있으나 그 주인공을 만드는 사건이 없다. 주인공은 우주 밖의 별이 되어 어둠 속에 떠 있다. 죽은 철학자들이 등장하여 지구 밖 우주공간으로 잠시 찾아온 인간에게 철학 명제를 던진다. 이런 소설을 본 적도 읽은 적도 없다. 사물에서 개념을 얻는 게 아니라 개념이 사물을 만든다. 흐르는 개념의 강물을 따라가야 한다. 그 강물이 언어를 만들고, 그 언어가 사물의 탑을 쌓아 올린다. 그는 새로운 듯 책 표지를 다시 보았다. 분명히 '장편소설'이라 인쇄되어 있다.

밤하늘에 반짝이는 별빛은 그냥 빛이 아니다. 셀 수 없는 시간을 지나 우리에게 전하는 이야기다. 그 빛 속에는 수많은 이야기가 담겨 있다. 에덴의 별에 와 있는 그 여자와 남자의 별 역시 많은 이야기를 담고 있다. 그 이야기를 읽어야 한다.

호세는 해발 4,000미터가 넘는 볼리비아 우유니 소금사막에서 본 그 찬란한 별들을 떠올렸다. 태어나서 별을 그렇게 가까이에서 본 건 처음이다. 바구니로 받히면 그대로 별이 한 바구니 담길 듯했다. 저 별에서는 나도 별로 보일까. 그는 정말로 자신이 별이 된 듯한 착각에 빠졌다. 사막처럼 넓은 우유니가 하늘이고, 그곳을 밟고 있는 그도 하나의 별이다.

오래도록 그렇게 별을 바라보며 호세는 별이 되었다.

6

에덴의 방 비밀번호는 1, 2, 3이다. 1은 호세와 운희 두 사람이 만나서 영화를 보거나 미술관에 간다. 영화는 주로 독립영화 상영관에서 본다. 식사하고 커피를 마시며 세상 이야기가 아닌 세상 이야기를 한다. 세상 너머에 있는 세상 이야기다. 2는 에덴의 방에서 만나지만 섹스는 하지 않는다. 섹스가 여자와 남자의 결합만을 의미하지 않는다. 욕망의 절제 역시 섹스의 하나다. 혀와 혀가 만나 탱고를 추며 살과 살이 부딪치는 냄새를 맡는다. 네 개의 다리가 한 개의 심장을 만드는 탱고, 그 절정에 이르되 욕망을 절제함으로써 느끼는 아름다운 선

율을 감상하는 시간이다. 니체와 레에가 살로메와 삼위일체 동거하면서 나눈 지적 섹스가 이러하지 않았을까.

3은 섹스다. 깊은 섹스다. 몸과 몸의 결합이 아니라 영혼과 영혼을 섞는다. 몸을 해체하여야 한다. 몸이 없는 영혼의 결합, 지금까지 가진 모든 걸 버려야 한다. 지위도 도덕도 규범도 부끄러움도, 옷을 벗듯 하나하나 벗어야 한다. 이름도 버린다. 남자와 여자의 개념도 없다. 몸을 해체하고 두 영혼이 만나 하나가 되는 의식, 눈으로 볼 수 없는 어둠 저 너머에 존재하는 최상의 쾌락, 최고의 고통이다. 쾌락과 고통을 태워버리고 남겨진 부활한 정령이다.

처음부터 그러기로 한 건 아니지만 자연히 질서가 만들어졌다. 첫 섹스에는 둘 다 절정 직전까지 한 몸이 되어 불꽃만 태우고 끝낸다. 알몸으로 포옹한 채 누워서 탱고를 춘다. 네 개의 다리가 현란하게 뒤엉키고 심장이 하나로 합일 할 때 두 번째 섹스를 시작한다. 이때 하나가 된 심장을 터트린다. 죽음, 그렇다. 섹스의 절정은 죽음이다. 육체를 해체해야 그곳에 이른다. 육체가 없는 두 영혼의 욕정, 섹스. 황홀하고 아프고 달콤하다. 천지창조의 빛을 만드는 순간이다. 아담과 이브의 첫 섹스, 뱀의 유혹은 생명의 열매였다. 불꽃이 사그라져 재가 될 때까지 하나의 몸을 풀지 않는다. 씻지도 않고 먹지도 않은 채 그대로 재가 되길 기다린다. 성스러운 땀과 분비물과 정액으로 만든 향수를 물로 씻어내는 건 죄악이다. 이것이 에덴의 방에서 숨 쉬는 질서의 길이 되었다.

비밀번호 1, 2, 3은 미리 카톡으로 전달한다. 누가 하는 건 의미가 없다. 누구든 목마르면 카톡을 한다. 대개 운희가 먼저 보낸다. 긴 대화가 필요 없다. 액정 화면에 숫자 하나만 달랑 찍는다. 그러고 나서 전화하여 목소리를 듣는다. 1, 2, 3, 에덴의 방 비밀번호에 연결하는 이야기가 아니라 세상 너머의 이야기다. 두 사람 외에는 이해할 수 없는 언어가 오간다. 세상 너머의 외계 언어다. 고저장단 음표를 만들며 그 위를 언어가 날아다닌다. 달콤한 노래다. 목소리는 이미 젖어 있고, 음표는 곧 나비가 되어 노래 밖으로 날아다닌다. 능허凌虛다. 능허가 된 나비는 바람의 줄기를 타고 귓속 동굴을 지나 하나가 된 심장에서 춤춘다. 혼자 자기 자신과 대화해 본 적 있는가? 넋두리처럼, 환희에 빠져 횡설수설 들떠서 하는 말, 누가 듣는다면 아마 바람 소리로 들릴 것이다.

운희와 섹스할 때 호세는 육체와 함께 정제된 정신까지 해체한다. 사회적 지위, 명분, 인간으로서 유지해야 하는 최소의 체면조차 모두 벗어던진다. 한 마리 들짐승이 된다. 그렇게 하려고 하는 게 아니라 그렇게 하게 된다. 오직 섹스, 섹스 하나에 몰입한다. 영혼의 세계에서 하나의 심장을 만드는 일이다. 일심동체一心同體가 아니라 이체동심二體同心이다. 호세는 이런 경험이 처음이다. 아내와의 섹스에서도 이 경계에 이르지 못했다. 경계 밖에 또 다른 세상이 있다는 사실조차도 몰랐다. 그녀도 말했다. 그와 똑같은 말은 아니었지만, 한 몸이 될 때 그녀는 눈물을 흘리며 "어떡해"와 "환상이야"를 반복한다. 그건 이 세상에 존재하는 언어가 아니라 그냥 울림이다. 두 심장이 합쳐져 울리는 소리,

그의 가슴에서 "어떡해"와 "환상이야"로 들릴 뿐이다. 경계를 벗어난 그 낯선 세계는 어두운 동굴을 지나야 만난다. 어둠이 곧 밝음이다.

운희와 헤어져 혼자 남았을 때, 몽롱한 의식에서 완전히 깨어나지 않은 상태에서 호세는 거울 앞에 서서 자신을 바라본다. 낯설다. 자기 안에 또 다른 자기가 존재한다는 사실에 한 번씩 흠칫 놀라기도 한다. 파블로 네루다의 시집 『질문의 책』 44번 시 첫 구절이 떠 오른다. "나였던 그 아이는 어디 있을까." 내가 잊어버렸던 수많은 나의 존재들, 방금 거울 속에 존재했던 그 낯선 사내가 나인가 아닌가. 긴가민가하다. 방금까지도 내 안에 있던 그는 도대체 어디에서 와 어디로 가는 건가. 그는 그와 잠시 대화했다. 그대는 어디에서 왔는가. 난 온 것도 간 것도 아니야. 네가 나고 내가 너야. 현기증이 핑 돌았다. 그는 얼른 두 손을 거울에 짚고 기댔다.

거울 속에서 낯선 '내'가 사라지자, 호세는 문득 한 생각을 떠올렸다.

에덴의 방

중학교 2학년 때다. 그의 유일한 친구 하나가 어느 날 뜬금없이 "나 홍식이의 누나와 잤어." 했다.

"어디서?"

"미장원에 있는 방에서."

"너희 집 두고 왜 거기서 잤니?"

"잠깐 이야기하자며 누나가 날 거기로 데리고 갔는데, 잤어."

그 친구는 홍식이와 친하지만 호세는 홍식이와 그렇게 친한 사이가 아니다. 홍식이 형수가 집에 딸린 가게에서 미장원을 하는데 그날 미장원이 쉬는 날이라 그 미장원 안에 있는 방에서 둘이 잤다는 것이다. 그냥 같이 잠을 잔 줄 알고 "너희 집 두고 왜 거기서 잤니?"하고 호세가 물었는데, 그게 아니었다. 그땐 섹스라는 말을 몰라서였는지 그 친구가 "우리 그거 했어."라고 또박또박 끊어 말했다. 그거, 그게 무슨 말인지 정확히 이해하지 못했지만, 그 말을 듣는 순간 호세는 그 친구가 뭔가 큰 사고를 쳤다는 기미가 온몸에 스며들었다. 걱정이나 두려움이 아니라 짜릿했다. "너 어떤 기분이었어?” 하고 물으려다가 참았다. 부끄러웠다. 다리 사이에 달린 그의 몸이 움찔하고 움직였다. 호세는 한 번도 여자의 성기를 본 적이 없다. 어린아이 것도 어른 것도 본 적 없다. 어떻게 생겼을까, 몹시 궁금했다. 그 친구에게 물어보고 싶은데 부끄러워 말이 나오지 않았다.

그날, 호세는 처음으로 수음했다. 거실 화장실에서 소변을 보는데 잡고 있던 성기가 벌떡 일어나면서 커졌다. 풍선처럼 부풀어 올라 그대로 터져버릴 것 같아서 얼른 꽉 잡았다. 홍식이 누나와 잠잔 그 친구 얼굴이 떠올랐다. 두 사람이 뒤엉킨 그림을 그렸다. 어떻게 하는 건지 한 번도 본 적 없으면서 그는 그림을 잘 그렸다. 그는 얼른 화장실 문을 잠그고 손으로 귀두를 문질렀다. 다리에 힘이 풀리면서 몸이 조여들었다. 그러다가 부르르 떨리며 몸이 공중에 붕 뜨는 기분과 함께 정액이 왈칵 뿜어져 나왔다. 제대로 조준하지 못해 변기 뚜껑에 떨어진 정액이 흘러내렸다. 마치 졸인 우유처럼 끈적끈적했다. 그는 손가락으로 찍어 코에 갖다 댔다. 비릿한 밤꽃 냄새가 났다. 얼른 휴지로 닦아 변기

에덴의 방

에 넣고 물을 내렸다. 그러고 나서도 계속 밤꽃 냄새가 났다. 세면대에 물을 받아 여러 차례 변기 뚜껑을 씻었다. 화장실을 나오다 말고 미심쩍어 그는 다시 들어가 변기 뚜껑을 물로 한 번 더 씻어내고 환풍기를 틀어놓은 채 두었다.

집에 오면 호세는 어릴 때부터 늘 혼자였다. 어린이집을 나와 유치원 다닐 때부터는 삼촌네 집에서 지내다가 저녁 무렵에 퇴근하는 어머니와 함께 집으로 왔다. 초등학교에 입학하고 나서는 늘 혼자 집안에서만 지냈다. 그의 아버지는 직장이 지방에 있어서 토요일에 온다. 주말에는 부모와 함께 지냈으나 그때도 그는 자기 방에서 혼자 있었다. 책이 친구였다. 읽은 책을 또 읽고 또 읽어서 그의 방에 있는 책들은 대부분 너덜너덜해졌다. 동화나 소설책이 싫으면 교과서를 읽었다. 자꾸 읽다가 보면 교과서도 동화나 소설처럼 재미있었다. 공부하는 게 아니라 시간을 보내는 오락으로 읽는다. 어떤 책들은 그대로 통째 외울 수도 있다. 읽는 시간 외에는 스케치북에 그림을 그린다. 스케치북이 다

차면 그는 그림 위에 그림을 또 그린다. 몇 번 그러고 나면 그리고 싶은 그림을 그리는 게 아니라 어떤 모양이 나타날지 궁금해서 그린다. 그림 안으로 깊숙이 숨어버린 그 그림들을 기억하고 찾아내는 일도 재미있었다. 그는 화가가 되고 싶었다. 혼자 놀 수 있어서 그런 꿈을 꾸었으나 사실은 그것보다 더 큰 이유가 있다. 어머니와 아버지를 화나게 하고 싶어서다. 자기를 미워하는 것도 아닌데, 그는 부모가 싫었다. 얼른 어른이 되어 이 집에서 떠나는 게 그의 희망이기도 하다. 혼자 두어도 성적이 항상 전교 최상위권이라 그의 부모는 그를 법대나 의대에 보내려고 했다. 그런 말을 들을 때마다 그는 속으로 '난 화가가 될 거야'하며 저항했다. 대학교에 갈 무렵 그는 화가에서 치과의사로 희망 직업을 바꾸었다. 자기에게 잔뜩 기대하는 부모가 불쌍해 보였다. 딱 한 번만 효도하기로 했다. 대부분 혼자 진료하며, 복잡하게 사람의 몸 안과 밖을 살피지 않아도 되는 치과의사가 좋아 치과대학에 진학했다. 어금니를 치료하러 치과에 갔을 때 그는 그렇게 마음을 바꾸었다. 종일 사람들의 작은 입안을

에덴의 방

들여다보는 치과의사가 너무나 마음에 들었다. 넓은 세상을 보지 않아도 되는, 자기에게 딱 맞는 작은 둥지를 찾았다.

　중학생이 되었을 때 호세는 가끔 삼촌네 집에서 지내다 자고 오기도 했다. 삼촌네 집엔 자기 집에 없는 책들이 많았다. 그는 책을 보다가 처음으로 충격을 받았다. 화가 에곤 실레의 『자화상』이다. 내용을 들여다보기 전에 표지 그림, 에곤 실레의 「꽈리가 있는 자화상」 그림에 반했다. 마른 얼굴에 오뚝 선 콧날, 사시처럼 옆으로 몰려 무엇을 바라보며 만족해하는 검은 눈동자, 빨간 입술, 특히 학처럼 길게 뽑아 올린 목이 인상적이었다. 언뜻 보기에는 익살스러운데 자세히 뜯어보면 즐거운 표정이 아니다. 슬픔? 슬픔도 아니다. 한 번도 보지 못한 인간의 감정인데, 어린 그로서는 알 길이 없었다. 내용은 더 충격적이었다. 여자와 남자, 두 사람이 엉킨 나체 그림들인데도 욕망이 전혀 일어나지 않았다. 그저 낯선 인간의 몸, 동물에 가까이 다가간 인간의 모습, 몹시 낯설었다. 표지에서 본 꽈리에 그 낯선 인간들의 모습이 담겼다. 그가 쓴 글들을 읽고서 그림이 다시 보였다. 호세, 그는 자기 이름을 나직하게 불러보았다. 에곤 실레의 그림과 글 속으로 들어간 듯한 착각에 빠졌다. 앞으로 그렇게 살아갈 듯한 두려움이 온몸을 적셨다.

에곤 실레의 어머니 마리 실레는 남편과 사이가 몹시 나빴다. 그리하여 그의 어머니는 에곤 실레에게도 무감정으로 대하는 바람에 에곤 실레의 유년기 성격 형성에도 영향을 미친다. 라이너 마리아 릴케처럼 그도 어머니에 대한 원망과 혐오에 빠진다. 화가가 된 뒤에 에곤 실레는 일부러 어머니의 고향인 크루마우(지금의 체스키 크롬로프)에 화실을 마련하는데, 여기에는 두 가지 의미가 있다. 하나는 어머니에 대한 저항의 표출이며, 또 하나는 어머니에 대한 그리움이다. 이 두 극한의 감정을 안고 이 화실에서 어린 소녀들을 모델로 누드를 그리다가 마을 주민들에게 쫓겨난다. 오스트리아 남부 작은 마을 노이렌바흐로 옮겼는데, 여기서도 말썽이 일어난다. 어린 소녀들을 불러 누드 그림을 그리다가 체포되어 구속되며, 그의 그림 한 점이

불태워지는 모욕을 당한다. 그는 나약하게 항변했다. "나는 에로틱한 그림을 그렸다는 걸 부정하지 않습니다. 그러나 이건 예술 작품입니다. 에로틱한 그림을 그린 예술가는 없나요?" 이미 그림은 재로 변한 뒤였다.

에곤 실레를 만난 이후, 호세는 화가가 될 꿈에 부풀었다.

에곤 실레의 『자화상』을 읽은 그날, 책 읽는 재미에 빠져 시간 가는 줄 모르다가 호세는 삼촌네 집에서 자고 왔다. 삼촌네는 가정도우미가 있었다. 시골에 사는 숙모네 친정 쪽 먼 친척인데 몇 살인지는 모른다. 사촌들과 그는 그녀를 누나라고 불렀다. 따로 묵을 방이 없어서 그 누나는 사촌들과 한 방에서 잤는데, 그날 공교롭게도 그 누나가 그의 옆에서 자게 되었다. 한밤중에 잠이 깬 그는 바로 옆에 그 도우미 누나가 잔다는 걸 알았다. 캄캄한 방 안에는 숨소리만 들렸다. 그는 가슴이 두근거리며 뛰고 몸이 뜨겁게 달떴다. 그녀의 숨 냄새가 코끝에 와닿자, 홍식이 누나와 잔 친구가 생각났다.

둘이 뒤엉킨 모습을 상상했다. 다리 사이가 뻐근하게 아리며 성기가 움찔 움직였다. 잠시 숨을 고른 뒤 잠꼬대하는 척하며 그는 도우미 누나의 왼쪽 가슴 위에 손을 살그머니 올렸다. 겉옷을 입은 채 잔다. 조심스럽게 손을 조금 움직였다. 옷 속에 있는 봉긋한 가슴이 말캉거리며 손바닥을 건드렸다. 두근거리던 가슴이 아리도록 뛴다. 콱 움켜쥐고 싶은 충동을 그는 겨우 참았다. 얼른 손을 뗐다. 숨이 막힐 것 같아 천천히 숨을 내쉬며 뛰는 가슴을 진정시켰다. 다시 손을 뻗어 이번에는 오른쪽 가슴으로 갔다. 손이 잘 닿지 않아 도우미 누나 쪽으로 더 가까이 다가갔다. 잡힌다. 도우미 누나가 깰까 봐 겁나서 그는 달걀을 만지듯 조심스럽게 손을 움직였다. 도우미 누나는 그때까지 세상 모르게 깊은 잠에 빠졌다. 아무런 움직임이 없자 그는 숨을 크게 한번 쉰 뒤 용기를 내어 조심스럽게 손을 옮겨 아래쪽으로 갔다. 고무줄로 된 골덴바지를 입었다. 고무줄 근처를 살금살금 만지다가, 고무줄을 살짝 들어 올렸다. 고무줄 탄력이 엄청 강했다. 겨우 버티며 손을 넣으려고 하는데 그만 고무줄을 놓쳐 손이 튕겨 나왔다. 이번에는 좀 더 힘을 주어 고무줄을 들어 올렸다. 한 손으로, 그것도 들키지 않게 몰래 하려니 쉽지 않았다. 이번에도 실패했다. 그는 더 가까이 다가가서 두 손을 이용했다. 한 손으로 바지 고무줄을 들어 올리고 다른 한 손을 바지 안으로 밀어 넣었다. 얇은 팬티의 감촉이 손에 잡혔다. 그는 잠시 행동을 중지한 채 숨을 죽이고 도우미 누나의 얼굴을 바라보았다. 어둠 속이지만 익숙해지니 희미하게 얼굴 윤곽이 보인다. 전혀 눈치를 채지 못한 듯 숨 고르게 잔다. 손을 팬티 안으로 밀어 넣었다. 바지와 달리 팬티 고무줄은 매우 부드러웠다. 손끝에 까슬까슬한 감촉이 전해졌다. 가슴이 터질 듯 뛰었다. 쿵쿵 뛰는 소리 때문에 도우미 누나가 잠에서 깰지 모른다는 두려움으로 움직임을 멈추고 잠시 숨을 다스렸다. 음모를 몇 번 쓸어본 뒤 손을 더 아래로 내렸다. 말랑말랑한 성기가 손에 잡혔다. 보드랍다. 엄지와 검지로 살짝 쥐어보았다. 세상에서 가장 연약한 꽃잎처럼 생겼다. 꽃잎을 살짝 벌렸다. 촉촉하고 미끈거리는 느낌이 전해졌다. 그때다. 도우미 누나가 몸을 움찔했다.

잠에서 깬 것 같지 않은데 몸을 움직인 듯했다. 그러고는 더 이상 반응이 없다. 그는 손을 뺄까 말까 망설이다가 손가락을 안으로 넣고 싶은 충동을 느꼈다. 용기를 내어 살짝 밀어 넣으려고 할 때였다. 무슨 소리가 들렸다. 짧게 들렸는데 자기가 낸 소린지, 도우미 누나가 낸 소린지 그는 분간이 되지 않았다. 조용히 귀를 기울였다. 도우미 누나의 숨소리가 들리지 않는다. 깬 건가? 그는 잠시 그러고 있다가 얼른 바지에서 손을 뺐다. 조심스럽게 원래 누웠던 자리로 왔다. 도우미 누나의 숨소리가 계속 들리지 않았다. 미동도 하지 않은 채 조용했다. 야릇하게 뛰던 가슴이 두려움으로 바뀌었다. 그제야 호세는 사고를 쳐도 크게 쳤다는 걱정이 밀려와 숨을 쉴 수가 없었다. 도우미 누나가 이 사실을 어머니나 아버지에게 알리면 어떡하나 그 생각에 눈앞이 깜깜했다. 그날 밤을 그는 꼬박 뜬눈으로 새웠다.

이튿날 아침, 아침 밥상을 들고 온 도우미 누나와 눈이 마주쳤다. 호세는 눈길을 피했다. 피하는 눈길을 낚아채듯 그녀가 "잘 잤어?" 하며 안 하던

에덴의 방

인사를 했다. 그는 "응, 응." 하며 숟가락을 얼른 집어 들다가 그만 바닥에 떨어뜨렸다. 그녀가 숟가락을 주워 그에게 주었다. 도우미 누나가 화내는지 웃는지 궁금했으나 그는 얼굴을 들지 않아 알 수가 없다. 그날 이후 그는 삼촌네 집에 가지 않았다.

처음으로 여자의 성기를 만진 기억이 오래도록 지워지지 않았다. 수음할 때마다 호세는 그날 일을 떠올렸으며, 그날 일을 떠올리다가 수음을 하기도 했다. 어떻게 생겼을까. 손끝의 감촉만으로는 가늠이 되지 않았다. 직접 눈으로 보고 싶었다. 집에 있는 이런저런 책을 뒤지다가 그림으로 된 여자 성기를 보았다. 그날 느낌과 비슷했으나 여전히 실감이 나지 않았다.

고등학교에 막 입학하고 얼마 되지 않았을 때다. 호세는 어머니와 시골에 있는 외가에 갔다. 열차를 타고 가서 다시 버스를 타야 한다. 시골 버스 정류장에서 버스를 기다리다가 그는 화장실에 갔다. 화장실은 외따로 떨어진 곳에 나무로 지은 건물이었다. 남자 여자 화장실이 한 칸씩 붙어있었다. 소변기가 따로 없어서 재래식 화장실에 들어가 소변을 보았다. 그런데 여자 화장실 칸막이 아래쪽에 화장지로 구멍을 막아놓은 게 보였다. 판자의 공이가 빠진 자리다. 공이가 저절로 빠질 리가 없다. 왜 누가 일부러 뺐을까. 그는 그게 궁금했다. 소변을 보고 나가려다 그는 쭈그리고 앉아 화장지를 뺐다. 고개를 숙여 살구 알 크기 정도의 구멍에 눈을 바짝 갖다 댔다. 여자 화장실 바닥이 보였다. 남자 화장실과 똑같이 나무 바닥에 직사각형 구멍을 뚫어 놓았다. 삼촌네 집에서 도우미 누나의 바지에 손을 넣었을 때처럼 가슴이 두근거렸다. 재래식 화장실이라 냄새가 지독했지만, 그는 코를 쥐고 그대로 앉아 기다렸다.

잠시 뒤, 여자 화장실 문이 열리고 사람이 들어왔다. 구멍에 눈을 바짝 대고 있다가 호세는 얼른 고개를 들었다. 부스럭부스럭 옷을 내리는 소리가 들렸다. 그는 좀 멀찌감치 거리를 두고 다시 고개를 숙여 구멍으로 보았다. 보였다. 누군지 모르는 여성의 성기가 보였다. 숨이 컥 막혔다. 소변 줄기가 쏟아지는 것과 동시에 갑자기 눈앞이 하얀색

에덴의 방

으로 바뀌었다. 여자가 화장지로 구멍을 막아 버렸다. 그의 눈동자를 본 건지, 남자 화장실에 사람이 있다는 걸 눈치챈 건지 알 수 없으나 그는 놀라서 여자가 소변을 다 보기 전에 얼른 도망치듯 화장실을 나왔다. 여자가 뒤쫓아올까 봐 오금이 저리게 달려온 그에게 그의 어머니가 걱정스러운 얼굴로 물었다.

“왜, 그리 오래 있다 와. 배탈이 났어?”

“아뇨. 응.”

“지금도 아프니?”

“괜찮아졌어요.”

어머니 얼굴을 똑바로 바라볼 수가 없어 호세는 벽에 걸린 버스 시각표를 올려다보며 건성으로 대답했다. 가슴은 여전히 쿵쾅거리며 뛰었다. 그날 도우미 누나의 바지에 손을 넣었을 때처럼 온몸이 뜨겁게 달아올랐다.

세종문화회관 지하 주차장에서 호세는 자기 키보다 큰 첼로 가방을 붙들고 발을 구르는 여자와 맞닥뜨렸다. 그의 승용차 옆에 주차해 놓은 타이어가 펑크 난 소형승용차와 그녀를 그는 번갈아 쳐다보았다. 그는 직감으로 상황을 읽었다.

"보험회사에 전화하시면 해결해 줄 겁니다."

"시간이 없어요, 선생님. 좀 도와주시겠어요? 다음 공연이 곧 있어요."

그녀는 애절한 눈빛으로 그를 바라보았다. 다행히 일요일이라 진료가 없는 날이다. 어디로 가는지 사정을 묻지도 않고 호세는 그녀를 자신의 승용차에 태웠다. 지하 주차장을 나오자, 그녀가 "예술의 전당이에요." 했다. 한강을 건널 때까지 조수석에 말없이 앉아 있던 그녀가 명함을 꺼내 그에게 주었다.

"고맙습니다. 선생님이 아니었으면 큰 낭패를 겪을 뻔했어요."

"네…. 그…."

당황할 일이 아닌데 호세는 말을 더듬었다. 지금까지 여자와 단둘이 이렇게 가까이에서 대화해 본 적이 없었다. 얼굴이 화끈거렸다. 그녀에게서 명함을 받고 얼핏 이름을 봤으나 겨우 끝 자 '경'만 기억난다. 지금 이름 부를 일도 없는데 이게 그를 당황스럽게 했다. 마치 실어증에 걸린 사람처럼 말이 입안에서만 맴돌았다. 강남에 있는 예술의전당 주차장에 도착할 때까지 두 사람은 대화가 없었다. 주차장에 차를 세우고 그가 뒷좌석에 둔 첼로 가방을 꺼내 그녀에게 건넸다. 첼로 가방을 세워 붙잡고 그녀가 조심스럽게 말했다.

"시간 되시면 공연 보고 가실래요? 제게 표가 있어요."

“아뇨. 괜찮아요.”

“명함 있으면 주실래요?”

“죄송합니다. 명함을 안 가지고 왔어요.”

호세는 거짓말했다. 치과의사라는 걸 밝히기 싫어서가 아니라 그냥 부끄러웠다. 사실 그녀와 차를 타고 오면서 머릿속에 끊임없이 도우미 누나의 바지 속에 손을 넣은 일과 시골 화장실에서 몰래 여성의 성기를 훔쳐본 일이 떠올랐다. 처음으로 자기 몸이 더러워 보였다. 자기 몸에서 시골 버스정류소 화장실에서 맡았던 그 고약한 냄새가 났다. 혹시 그녀가 이 냄새를 맡은 건 아닐까, 그는 당황스러웠다. 조수석에 앉은 여자가 눈치채지 않게 그는 운전석 차 문 쪽으로 조금 옮겨 앉기도 했다.

“그럼, 안녕히 가세요. 고맙습니다.”

“공연 잘하세요.”

여자가 저만큼 갔을 때, 호세는 다급하게 여자를 불렀다.

“저기요!”

호세는 뒤돌아보는 그녀에게 다가갔다.

“공연, 볼게요.”

여자가 밝은 표정으로 미소를 지었다. 핸드백에서 초대장을 꺼내 호세에게 주면서 그녀는 "고마워요. 이제 마음이 가벼워졌어요." 했다. 그녀가 메고 있는 첼로 가방을 잡으며 그가 "제가 들고 갈까요?" 했다. 여자가 다급히 첼로를 붙잡았다.

"아뇨. 괜찮아요. 늘 가지고 다니던 거라 안 무거워요."

함께 공연장으로 가면서 여자가 호세를 돌아다보며 조심스럽게 말했다.

"혹시, 오해하신 건 아니죠?"

"뭐가요?"

"첼로, 안 드린 거요."

"아, 전혀요. 무거워 보여서요."

"악기는 다른 사람에게 안 맡겨요. 맡기면 불안해요. 아마 다른 연주자들도 그럴 거예요. 자기 몸과 같은 거."

음악당까지 와서 그녀는 연주자 대기실로 가고, 호세는 관객석이 있는 1층으로 갔다. 헤어지기 전에 그녀가 웃으면서 말했다.

"좋은 좌석이에요. 제가 보일지도 몰라요."

"독주하시나요?"

"아뇨, 오케스트라인데 저는 객원이에요. 오늘 공연이 좀 길어요. 연주자도 많아요."

"연주 모습 사진 찍어도 돼요?"

"안 찍는 게 좋을걸요. 다른 연주자가 놀라거든요."

"네, 그렇겠군요."

"눈치껏 찍는 분들도 계셔요. 연주 끝날 때까지 계실 거죠?"

"아, 예."

"제가 맛있는 커피집을 알아요. 커피 사드릴게요."

사실 호세는 적당한 때 미리 나가려고 했다. "… 연주 끝날 때까지 계실 거죠?"라고 한 그녀의 말에 얼떨결에 대답해 버렸다. 말은 그렇게 했지만, 중간에 나갈 마음은 여전했다. 오늘 처음 본 여인을 따라 관객석까지 와 앉은 게 그로서는 비정상이다. 그는 그녀에게 이성으로서의 관심이나 끌림 같은 건 조금도 없다. 우연히 만나 이 자리까지 온 예정에도 없이 발생한 이 부자연스러움이 그를 몹시

에덴의 방

불편하게 했다. 연주가 시작되면 곧장 나갈 작정이다.

　첼로는 모두 8개가 2열로 배치되었다. 연주복이 비슷해서기도 하지만 희미한 감색 조명이 익숙하지 않아 그녀가 어디에 있는지 얼른 눈에 들어오지 않았다. 오늘 처음 만난 여자다. 그것도 두 번 모두 지하 주차장이었으며, 승용차에서는 목소리만 몇 번 들었고, 훔쳐보듯 슬쩍 스쳐본 게 다다. 태양 아래에서 얼굴을 본 건 딱 한 번, 음악당 입구에서다. 은테 안경을 썼다. 그는 햇빛에 반짝이던 그녀의 은테 안경을 기억해 냈다. 첼로 첫째 열 왼쪽에서 두 번째다. 눈이 마주쳤다. 그녀가 먼저 그를 보고 있었다. 그녀가 활을 쥔 오른손 검지를 살짝 들어 올렸다. 그 손가락을 보느라 그녀의 미소를 그는 보지 못했다.

　연주가 시작되었다. 부드럽고 장중한 음악이 암막처럼 내려오면서 음악당 안 객석을 가득 채운 관객들을 가두어 버렸다. 바흐다. 바흐의 「마태 수난곡」이 객석으로 밀려와 거대한 물결이 되어 춤추

듯 출렁인다. 호세는 눈을 지그시 감았다. 특정 부분의 악보를 그릴 수도 있을 정도로 그는 어릴 때부터 이 곡을 수없이 들었다. 음표들이 감은 그의 눈 안에서 현란하게 춤춘다. 실황으로 「마태 수난곡」 연주를 듣는 건 처음이다. 그는 가슴이 뛰었다.

어머니가 집에 없을 때 호세의 집에는 늘 「마태 수난곡」이 잔잔하게 흘렀다. 그의 어머니는 아무도 없는 빈집에 그렇게 이 음악을 틀어놓는다. 그가 학교에서 돌아와 문을 열면 언제나 「마태 수난곡」이 어머니 대신 그를 맞았다. 한번은 자기도 모르게 어머니를 보고 "마태!" 하고 소리쳐 부르고는 몹시 놀란 적 있다. 혼날까 봐 움츠리는데, 그의 어머니는 표정 하나 변하지 않은 채 가까이 다가와 "왜 그렇게 불렀어?" 하며 물었다. 크게 혼날 줄 알고 잔뜩 긴장했으나 그의 어머니는 더 이상 묻지 않았다. 그제야 맘을 놓은 그는 그 이후부터 일기장에 어머니를 '마태'라고 썼다. 텅 빈 집안을 지키는 건 언제나 마태였다. 어머니가 귀가해야 그 음악이 꺼진다. 어머니가 올 때까지 끄지 말랬는데, 한 번은 어머니가 오기 전에 음악을 꺼 버렸다. 유령이 나올 것 같은 괴기한 소리로 들려 싫었다. 귀가한 그의 어머니는 정색하면서 "왜 껐어!" 하고 소리쳤다. "마태!"라고 불렀을 때와는 전혀 다른 모습이었다. 지금까지 보던 어머니의 얼굴이 아니었다. 무서운 마귀 같아 흠칫 놀라며 뒤로 한 걸음 물러섰다. 그는 그처럼 화난 어머니의 얼굴을 처음 보았다.

「마태 수난곡」이 집을 지킬 무렵 호세의 어머니는 그에게 책을 한 권 주었다. 헤르만 헤세의 『데미안』이다. 책을 줄 때 그의 어머니는 그의 손을 꼭 잡으며 말했다.

"크로머 같은 아이를 가까이하면 안 돼."

"크로머? 그 애가 누구인지 몰라요."

"이 책을 읽으면 곧 알게 될 거야. 네 주변에 크로머가 참 많거든. 조심해. 널 잡아갈 거니까."

『데미안』을 읽으면서 호세는 크로머가 누구인지 알았다. 그리고 어머니가 「마태 수난곡」을 왜 틀어놓는지도 알았다. 소설 속 주인공 싱클레어가 소년 시절부터 「마태 수난곡」을 즐겨 듣는다. 싱클레어는 이 곡을 들으며 전율을 느낀다고 했다. 비통하게 아름답고, 창백하게 섬뜩하지만, 무시무시하게 생명력 있는 세계 속에서 살았다고 한다. 호세는 피식 웃었다. 이 음악이 아름답다는 싱클레어의 말은 거짓이다. 비통한 게 어떻게 아름다울 수 있는가. 그런데 소설이 재미있었다. 소설을 다 읽고 났을 때 '비통하게 아름답다'라고 했던 싱클레어의 말을 그는 믿기로 했다. 거짓말이 참말로 들릴 때 느끼는 짜릿한 쾌감, 호세는 그게 재미있었다. 크로머가 싱클레어를 괴롭힐 때 흑기사처럼 데미안이 나타나 그를 사라지게 한다. 크로머가 사라지면 싱클레어에게 아름다운 세상이 찾아올 줄 알았다. 크로머는 하나가 아니었다. 수없이 많았다. 모양과 이름이 다른 크로머가 끊임없이 나타났다. 싱클레어는 비로소 깨닫는다. 아름다운 세상은 수난 속에서 얻을 수 있음을. 비밀에 가득 찬 듯한 「마태 수난곡」에 흐르는 음울한 색깔은 신비롭고 아름다운 세계로 향하는 힘이라는 걸 알았다. 어둠을 지나지 않고는 빛을 만날 수 없다. 이 외로운 아이, 싱클레어는 소년 시절부터 「마태 수난곡」을 듣는다. 이 음악이 그에게는 '데미안'이다. 이 소설의 제목 '데미안(Demian)'은 고대 그리스어 '다미아노스(Damianos)'에서 따온 말로 '정복하다' '길들이다'라는 뜻이다. 외로움으로 길들어 가는 아이 싱클레어. 그는 싱클레어와 점점 더 가까워졌다.

바흐의 「마태 수난곡」은 2부로 나뉘고, 모두 78곡으로 이루어졌으며 전체를 다 들으려면 3시간이 넘게 걸린다. 오케스트라 연주도 대개 두 팀이 교대하며 이끈다. 여기에 3팀의 합창단과 여러 솔로 성악가의 노래가 함께 한다. 이 음악의 배경인 「마태복음」은 예수님이 수난을 당할 것이라는 예언과 죽은 뒤 부활할 때까지의 고난을 다룬 신약성서의 시작이다. 수난은 열정을 향한 믿음이며 어둠에서 밝음을 향해 나아가는 길이다. 수난곡을 뜻하는 '패션(passion)'의 본래 의미가 '열정'이다. 열정과 수난, 색깔이 다른 이 두 단어가 동질성을 이루는 게 「마태 수난곡」이다. 이 긴 음악을 다 듣는 일 자체가 고난이며, 이 고난을 견디었을 때 비로소 빛

기둥이 내려오는 새로운 세상을 만난다.

일주일에 세 번씩 「마태 수난곡」을 들었다는 니체는 성직자가 된 기분이었다고 했다. 호세는 어딘가에서 읽은 적 있는 '천상의 목소리와 악마의 기교'라고 한 이 문장을 잊지 못한다. 이처럼 정교하고 몽환적인 문장을 그는 아직 보지 못했다. 천사와 악마가 함께 노래하고 연주하는 장면은 상상만으로도 온몸에 전율이 느껴진다.

이때부터 호세는 어머니가 틀어놓은 「마태 수난곡」이 지겹지 않았다. 짜증 나지도 음울하지도 않았다. 자꾸 듣다가 보니 어머니가 크로머고, 어머니를 쫓아내는 데미안이 「마태 수난곡」처럼 느껴졌다. 집에 와서 음악을 끄는 어머니가 악마로 보였다. 어머니가 오래도록 집에 들어오지 않기를 기도한 적도 있었다.

어느 날, 호세는 좀 늦은 시각에 집에 왔다. 학교 교문을 나서는데 선배 형들이 다가와 그에게 귓속말로 "조용히 따라와." 했다. 나지막한 말이 깨진 유리 조각처럼 날카롭게 번뜩였다. 결과가 보이는 두려움, 그는 순간 도망칠까 망설였다. 어깨를 감싼 선배의 팔이 허술하여 도망칠 수 있겠다고 느꼈으나 그는 이내 포기했다. 내일도 학교에 와야 한다.

학교 뒤쪽 한적한 골목으로 들어가자, 어깨를 감싼 선배의 팔이 그의 목으로 와 힘을 주었으며, 동시에 옆에 있던 다른 형이 주먹으로 그의 명치를 세게 쥐어박았다. 억, 소리조차 잠길 정도로 극심한 통증이 몰려와 그는 가슴을 움켜쥐며 주저앉았다. 목을 감싼 선배가 팔을 풀지 않는 바람에 그대로 목이 매달려 컥컥 소리를 뱉었다. 아픈 가슴 통증보다 숨이 막혀서 그는 있는 힘을 다해 다리에 힘을 주며 일어섰다. 왜 맞는지도 알 수 없었다. 묻지도 않고 요구하는 것도 없이 그냥 주먹질부터 했다. 가만 생각하니 이유가 딱 하나 있었다. 그는 혼자 학교에 가고 혼자 집으로 왔다. 늘 그렇게 혼자였다. 또 다른 선배가 주먹으로 그의 가슴을 쥐어박았다. 익숙해졌는지 아까보다는 통증이 좀 덜했다. 얼굴을 때리지 않은 것만으로도 그는 다행이라 여기며 때리는 형을 빤히 쳐다보았다.

“어쭈? 눈 안 깔아!”

“돈 필요하세요?”

“어? 이 새끼 봐라. 너 돈 많아?”

“우리 어머니가 부자거든요. 말하면 돈 줄 거예요.”

주먹으로 때리던 선배가 처음 호세를 때렸던 친구를 돌아보며 어깨를 으쓱한다.

“이 자식, 지금 뭐라는 거야?”

“돈 필요하면 말해요. 우리 어머니 전화번호 알려줄게요. 내가 잡혀 있다고 하면 돈 가지고 곧바로 달려올 거예요.”

선배가 손가락으로 자기 머리에 동그라미를 그리며 “이 자식 완전 또라이네.” 했다. 호세는 정말 그러고 싶었다. 이 상황에 어머니가 달려올지 안 올지 한번 시험해 보고 싶었다. 전화번호를 말하려는데 그때까지 목을 조르던 선배가 팔에 힘을 풀며 그를 땅바닥에 패대기쳤다. 그 바람에 그는 바닥에 한 번 뒹군 뒤 일어나 저만치 내동댕이쳐진 백팩을 집어 들었다. 가까이 다가온 선배가 멱살을 잡고 그를 벽 쪽으로 밀어붙였다.

에덴의 방

“네 어머니 돈 말고, 네 거, 얼마 있어? 꺼내 봐.”

째려보는 형을 노려보다가 호세가 피식 웃었다.

“어, 웃어? 너 진짜 또라이야?”

“뺏지도 못할 걸 왜 건드려요.”

“이 새끼, 지금 뭐라는 거야?”

웃으면서 호세가 지갑을 꺼내 줬다. 눈은 여전히 때리던 선배를 노려보면서. 옆에 있던 다른 선배가 와서 지갑을 재빨리 낚아채서 속을 들여다본다.

“돈 없잖아. 이 새끼 되게 웃기는 놈이네.”

“우리 어머니한테 돈 있댔잖아요. 전화해 볼래요?”

“너 핸드폰 꺼내 봐.”

“없어요. 핸드폰.”

“이 자식 거짓말까지 하네. 방금 돈 많은 너 어머니한테 전화한댔었잖아.”

“내가 한다고 말한 적 없어요. 직접 걸어보라고요.”

“너 진짜 핸드폰 안 가지고 다녀?”

“연락할 데가 없어서 그런 거 필요 없어요.”

"이 자식 지금 뭐라는 거야. 우리 말인데 알아들을 수가 없잖아."

그날 주머니와 책 배낭까지 탈탈 털어 조사받은 뒤, 교통카드만 빼앗기고 풀려났다. 교통카드가 없어 집까지 한 시간 가까이 걸어서 왔다.

집에 도착하여 현관문을 열자 어김없이 갇혀 있던 「마태 수난곡」이 밖으로 쏟아져 나왔다. 음악 소리에 맞추어 나풀나풀 춤추며 쪽지 하나가 떨어진다. 꼬리가 달리게 딱지처럼 접은 하얀 쪽지다. 그의 어머니가 집을 나갈 때 늘 문틈에 하나씩 끼워놓는다. 그는 어머니와 그렇게 통신한다. 데미안이 싱클레어에게 그랬듯이 그의 어머니는 그렇게 호세와 쪽지로 대화하는 걸 즐겼다. 내용은 늘 한결같다. 크로머를 조심해라. 아니면 냉장고에 떡볶이 넣어 뒀으니, 전자레인지에 데워 먹어라 등등. 쪽지는 어머니의 아이콘이다. 그는 접힌 그대로 쪽지를 책갈피처럼 책 사이에 끼워놓았다. 싱클레어도 데미안이 몰래 갖다 놓은 쪽지를 늘 그렇게 했다. 그러다 다음 새 쪽지가 생기면 먼저 받은 쪽지는 어릴 때 먹은 빈 양철 쿠키 통에 가둔다. 그

통을 여태 가지고 있는 건 뚜껑에 백설공주가 있어
서다. 그는 백설공주가 사는 그런 성에서 살고 싶
었다. 바깥세상이 보이지 않는 견고한 성. 그런 집
이 좋다. 어머니의 쪽지 때문에 그는 백설공주를
버렸다. 예쁜 백설공주 위에 검은색 매직펜으로
‘마태 교도소’라고 크고 굵게 써놓았다. 그 바람에
백설공주의 눈과 코와 귀가 사라졌다. 어머니의 목
소리를 가두는 교도소다. 책상 아래 감춰 둔 쿠키
통에는 접힌 어머니의 쪽지가 쿠키 대신 소복이 담
겨 있다.

방에 들어와서 호세는 마태 교도소에 담으려던
쪽지를 펴보았다. 어머니의 쪽지를 읽는 건 오랜만
이다. 늘 접힌 그대로 마태 교도소에 가두었다. 오
늘은 일진이 엉망진창이다. 뒤죽박죽 생각도 순서
도 없이 불쑥불쑥 행동이 나타난다. 마치 청룡열차
를 탄 느낌이다.

새는 알에서 나오려고 투쟁한다. 알은 세계이다.
태어나려는 자는 하나의 세계를 깨트려야 한다. 새는

신에게로 날아간다. 신의 이름은 아브라삭스.

데미안이 싱클레어가 보낸 쪽지에 답장한 글이다. 아브라삭스, 악마와 천사를 동시에 가진 신이다. 가까이해서도 안 되지만, 멀리해서도 안 된다. 오늘 호세에게 폭행한 그 선배들 역시 아브라삭스다. 쥐어박힌 명치가 아직 욱신거리지만, 그는 더 강해졌다. 단단한 쇠는 맞으면서 만들어진다.

호세는 집안이 쩌렁쩌렁 울리도록 소리쳤다.

"아브라삭스! 아브라삭스!"

벽에 튕겨 나온 소리가 「마태 수난곡」을 타고 호세에게 되돌아왔다. 아브라삭스! 아브라삭스! 읽은 쪽지를 호세는 접힌 선에 맞추어 다시 접었다. 마태 교도소에 넣을까 하다가 『데미안』 책장을 넘겨 122페이지를 찾은 뒤 꽂아두었다. 그곳에 쪽지에 적힌 내용과 똑같은 구절이 있다.

무대 위에서는 「마태 수난곡」 제1부 '최후의 만

찬'이 막 시작되었다. 한 시간이 조금 지나간 듯하다. 소프라노가 12번째 곡 아리아를 부른다. "사랑하는 주님의 가슴에 피 흘리도다. 당신의 젖을 먹고 자란 자식이 길러 준 이를 죽이려고 한다. 그 아이는 뱀과 같은 악마가 되도다"「마태 수난곡」을 들을 때마다 호세는 이 대목에서 항상 찬물을 한 컵 마셨다. 목이 타는 듯 아팠다. 혀를 한 번 휘둘러보기도 한다. 바싹 마른 혀가 뱀처럼 두 갈래로 갈라졌을까 덜컥 겁이 나기도 했다. 기다렸다는 듯이 지난 일들이 영화의 한 장면처럼 떠올랐다. 어머니 아버지를 실망케 하려고 화가가 되려고 했던 일, 어머니를 악마라 불렀던 순간, 도우미 누나의 바지 속에 손을 넣은 일, 시골 버스정류소 화장실에서 몰래 낯선 여성의 성기를 훔쳐본 일. 그것보다 더 그를 힘들게 한 건 마태 교도소에 가두어 둔 어머니의 쪽지들이다. 아브라삭스를 만나기 전에는 세상에 나올 수 없다. 어머니를 그는 무기징역형으로 가두어 버렸다.

호세는 첼로를 연주하는 그녀를 바라보았다. 그녀의 눈과 용케 마주쳤다. 그녀는 연주하면서 몇 차례나 그를 바라보았으나 그는 「마태 수난곡」이 흐르던 어릴 적 자기 집에 가 있었다. 그녀의 입꼬리가 조금 올라갔다. 그 웃음에 끌리듯 그는 그녀를 향해 오른손을 살짝 들었다가 얼른 내리고는 주위를 살폈다.

긴 연주가 끝났다. 호세는 좌석에 그대로 앉아 있었다. 그녀가 준 명함을 꺼내 보았다. 전화할까 말까 망설였다. 그냥 있었다. 그녀와 연락할 길이라고는 이제 이 좌석밖에 없다. 좌석을 버리고 밖으로 나가면 그가 먼저 전화하지 않은 한 그녀를 만날 수 없다. 어릴 때의 기억이 다시 떠오른다. 집을 나갈 때 「마태 수난곡」을 틀고, 문틈에 쪽지 하나 끼워놓은 어머니. 돌아올 때까지 어머니는 집에 없다. 그냥 기다려야 한다. 「마태 수난곡」을 들은 지금 이곳이 그에게는 마치 어릴 때 어머니를 기다리던 텅 빈 자기 집 같았다.

그녀가 객석으로 왔다. 사람들이 모두 빠져나가고 객석에는 호세 혼자 섬처럼 앉아 있었다. 무거운 첼로 가방을 메고 그녀가 호세 앞에 섰다. 그

에덴의 방

는 얼른 일어나 그녀와 마주 섰다. 넓은 객석, 꺼지지 않은 감색 조명 아래 두 사람만이 서 있다. 영화의 한 장면 같다. 잠시 어색한 침묵이 흘렀다. 먼저 그녀가 가볍게 웃었다. 그녀의 그 웃음이 부끄러워 그는 고개를 돌려 텅 빈 무대 쪽을 바라보았다.

"지루하지 않으셨어요?"

"아뇨. 훌륭한 연주였어요. 간 줄 알았죠?"

"무대에서 객석이 다 보여요. 특히 2열까지는 얼굴도 보여요."

환하게 웃는 그녀의 볼이 발그레하게 상기되었다. 그녀가 표정을 감추려는 듯 말한다.

"나가죠. 우리가 나가야 조명을 끌 것 같아요."

커피숍은 예술의전당에서 걸어갈 수 있는 거리였다. 커피숍으로 가는 동안 호세는 그녀가 등에 멘 첼로 가방에 자꾸만 신경 쓰였다. 그녀의 키보다 더 크다. 그는 애써 못 본 척했다. 그건 그녀의 몸이다.

커피숍에 와서야 호세는 오늘 그녀에게 차가 없다는 사실을 떠올렸다. 커피를 마시는 내내 그는 검은색 첼로 가방이 마음 쓰였다. 마치 그녀가 그 첼로 가방에 들어가 있는 듯 거기에서 그녀의 말이 흘러나왔다. 악기는 다른 사람에게 안 맡겨요. 맡기면 불안해요. 아마 다른 연주자들도 그럴 거예요. 자기 몸과 같은 거. 그는 문득, 내겐 무엇이 내가 될 수 있을까. 그런 생각을 했다. 마태 교도소, 개수를 세어보지는 않았지만 속을 꽉 채운 그 쪽지들이 어머니이자 자신의 분신 같았다. 내용을 알 수 없는 쪽지들, 싱클레어로 길들이려는 어머니의 절규들이다. 그렇게 몸이 접혀 마태 교도소에 갇혀 있는 그 쪽지들. 여태 어머니라고 생각했는데 그게 자신의 몸이라는 걸 그는 오늘 처음 깨달았다.

"선생님이 아니었으면 오늘 연주를 망칠 뻔했어요. 정말 고맙습니다."

그녀의 미소를 보자 호세는 당황했다. 왜 하필 그때 그 순간 그곳에서 이 여자와 마주쳤을까, 분석하던 중이었다. 이럴 확률이 과연 얼마나 될까.

"제겐, 오늘 선생님이 저를 구해준 구세주였어요."

"누구든 그랬을 겁니다. 우리 둘밖에 없었잖아

에덴의 방

요.”

“이 집 커피 어때요?”

입으로 가져가던 커피잔을 호세는 코끝까지 올려 향을 맡는다. 커피 향을 구별할 정도로 커피를 잘 아는 건 아니지만, 신맛이 섞인 독특한 향이 났다. 그보다도 그는 커피잔에 눈길이 갔다. 작은 사발처럼 생겼는데 흰색이 누르스름하게 변했으며 안쪽에는 갈색 커피 얼룩이 그림처럼 붙어있다. 씻기지 않을 정도로 커피잔과 한 몸이 된 그 흔적, 얼룩이 때론 훌륭한 장식이 될 수 있다는 사실이 신기했다. 그는 커피잔을 내려놓고 핸드폰으로 사진을 찍었다. 그녀도 자기가 들고 있는 커피잔을 이리저리 살펴본다. 그러다 묻는다.

“신기해요?”

“네. 신기하네요.”

“어떤 손님이 그랬대요. 잔을 바꿔 달라고. 커피의 색소와 탄닌 성분이 눌러붙어서 생긴 얼룩이래요. 깨끗이 씻더라도 오래되면 이런 얼룩이 생기나 봐요. 커피 맛이 풍미 있음을 보여주는 흔적이라 이 집에서는 이 잔을 그대로 사용해요.”

“얼마나 오래 사용하면 이런 그림이 만들어지나
요?”

“우리 아버지가 이 집을 좋아해요. 어머니를 여
기에서 만났대요. 그때도 컵이 이랬답니다. 아마
30년은 훨씬 넘었겠죠?”

커피숍 이름이 ‘티’다. 한글로 써서 뜻이 모호하
다. 차를 뜻할 수도 있고, 흠 또는 돋보이다라는 의
미도 있다. 동그란 하얀 바탕 위에 붓글씨체로 쓴
짙은 갈색 글자다. 마치 커피잔에 커피를 담아놓은
것 같다. 무슨 뜻일까. 커피도 차의 일종이긴 하니
차를 뜻하는 게 맞을 듯한데 양복 차림에 갓을 쓴
듯 뭔가 좀 어색하다. 이 집은 핸드드립 커피집이
다. 흠이라는 부정적 의미로 쓰이기도 하는 이 말
을 가게 이름으로 사용했다면 분명 심오한 뜻이 있
을 듯하다. 호세는 일곱 살 어린이처럼 낯선 것에
늘 이렇게 호기심이 발동한다.

“가게 이름 티가 무슨 뜻일까요?”

“자주 오는 집인데…, 저도 가게 이름이 무슨 뜻
인지 전혀 생각해 보지 않았어요. 그러고 보니 우
리가 의미 없이 사는 일이 참 많네요. 한번 물어볼

에덴의 방

게요. 사장님을 잘 알아요.”

종업원을 찾느라 그녀의 시선이 다른 곳에 가 있는 동안 호세는 얼른 그녀에게서 받은 명함을 꺼내 보았다. 이름이 유주경이다. 첼리스트라는 것과 전화번호와 이메일 주소만 있다. 특이하게 까만 바탕에 흰 글씨다. 까만 첼로 가방에 갇힌 하얀 꽃, 그는 어느 시에서 본 듯한 문장을 떠올렸다.

커피숍 사장이 와서 가게 이름에 관해 설명했다. 그의 아버지가 창업하였으며, 그가 호주 멜버른 커피스쿨 GCS과정을 마치고 돌아와 운영을 이어받았다. 개업할 당시에는 국내 커피숍 이 대부분 외국어 이름이었으나 그의 아버지는 독특하게 우리말 ‘티’로 했다는 것이다. 비록 커피가 외국에서 들어왔으나 한국에 왔으면 한국 커피여야 한다는 걸 강조하기 위해 선택한 이름이다. 처음에는 찻집인 줄 오해하는 사람도 있었고, 촌스럽다고 말하는 사람들도 있었다고 한다. 그의 아버지도 그의 아들도 창업의 고집을 꺾지 않고 그 간판을 달고 지금껏 가게를 이어온다. ‘티’라는 이름이 가지는 의미는 두 가지다. 그의 아버지는 작은 흠결까지도 품고 사랑하여 완벽하진 않으나 최상의 아름다운 가게로 키우라는 뜻으로 가게 이름을 '티'로 지었다. 궁금해하는 사람들에게 그의 아버지는 '페르시안 홈' 이야기를 들려주었다. 페르시아 사람들은 양탄자를 짤 때 의도적으로 고객이 알 수 없는 위치에 작은 흠 하나를 만든다. 이는 '완벽한 것은 없다'라는 겸손을 일깨우는 지혜다. 레오나르도 다빈치의 「모나리자」가 눈썹을 못 그려서 세계 명작이 된 것 역시 '페르시안 홈'이다. 완벽에 이르면 더 이상 갈 곳이 없다. 완벽할 때 오히려 인간은 더 큰 결함을 만들게 된다. 이 가게의 커피잔에 묻은 티도 '페르시안 홈'이다. 이 커피숍 젊은 주인은 자기 아버지와 달리 '티 내다'라는 의미로 설명했다. 덧붙이며 그의 아버지가 만든 '티'는 사람들이 잘 알아듣지 못하기도 하지만, 너무 뜻이 무거워 손님들의 시선을 끄는 데 도움이 되지 않는다고 했다. 애매모호한 가게 이름 '티'가 지금은 이 가게를 매우 유명하게 만들었다.

"그런 뜻이 있었네요. 선생님 덕분에 새로운 걸 알았어요. 우린 왜 이런 사소한 것에는 관심을 가지지 않을까요."

"해야 할 일이 많아서겠지요. 이런 것까지 관심 가지면 머리가 견디지 못할걸요."

커피를 마시고 호세는 그녀를 집까지 태워주었다. 정확히 말하면 그녀가 아니라 첼로를 태워다 주었다. 커피숍에서 커피잔의 티를 얘기하면서 그녀가 "…아마 30년은 훨씬 넘었겠죠?"라고 했을 때 그는 그녀의 나이를 대충 알았다. 그녀는 부모와 함께 산다며 "아직 어린애죠?" 하고는 웃었다.

꽤 오랜 시간이 지났다. 자신의 둥지 오피스텔에서 「마태 수난곡」을 듣던 호세는 문득 유주경을 떠올렸다. 까마득히 잊고 있었다. 그가 먼저 그녀에게 연락하지 않으면 그녀와 만날 길이 없다는 사실이 더 궁금하게 만들었다. 어떻게 지낼까. 열심히 무거운 그 첼로 가방을 메고 다니겠지. 그녀에게도 나를 기억하는 시간이 있을까. 그날, 커피숍 티에서 그녀와 차를 마시던 순간까지 생각을 이어가던 그는 그녀에게 전화했다.

"전화 많이 기다렸어요. 연락할 수 없는 사람

을 알고 있다는 게 이처럼 고통스러운지 첨 알았어
요."

"저를 기다렸어요?"

"네, 많이."

남산타워 위에 구름 한 조각이 걸려있다. 호세
는 소년처럼 마음이 설렜다. 누군가 자기를 기다
린다는 건 참 행복한 일이다. 지금까지 그녀 말고
는 그를 기다려주는 사람이 아무도 없었다. 왜 내
전화를 기다렸을까. 그는 그녀가 자기를 기다린 이
유가 참 궁금했다. 물어보고 싶은데 뭔가 불안했
다. 그럴 리는 없겠지만, 자기를 좋아해서 전화를
기다린 게 아니라면 분명 부정적 이유일 것이다.
뭘 잘못한 게 있는지 그는 찬찬히 그날의 상황을
다시 점검했다. 남산 타워에 걸린 구름이 몇 조각
으로 나뉘어 흘러간다. 그때 그녀의 목소리가 들렸
다.

"전해 드릴 게 있어요."

"뭔데요?"

"이것 때문에 전화 기다렸어요."

굳이 '이것 때문에'를 강조하는 의미가 뭘까. '그

에덴의 방

것' 아니었으면 안 기다렸을 거라는 속내를 보여주면서까지 전해 주려고 하는 그게 뭔지 호세는 몹시 궁금했다.

"잃어버린 거 없어요?"

잃어버린 거? 호세는 주머니를 뒤졌다. 지갑도 수첩도 있다. 평소 그는 주머니에 지갑과 수첩 외에는 넣고 다니는 게 없다. 가방도 들고 다니지 않는다. 뭘 잃어버렸다는가. 혹 다른 사람 것을 착각한 건 아닌가.

"그날 선생님께서 커피숍에 놓고 온 책이 있어요. 주인이 저의 연락처를 알고 있어서 전해줬어요."

"책?"

"네. 『섹스, 부활의 열쇠』, 제목이 좀 자극적이네요."

책상 위에도 책장에도 그 책이 없다는 걸 호세는 그제야 알았다. 그동안 환자들이 늘어나 책 읽는 것도 잊고 있었다. "제목이 좀 자극적이네요."라고 한 그녀의 말에 그는 얼굴이 붉어졌다. 내용보다 제목이 자극적이다.

"읽어 봤어요?"

"아뇨. 앞부분만 몇 페이지 넘겨 봤어요."

"읽으실래요? 난 또 사면 돼요."

"아뇨. 밑줄까지 치며 읽으셨더군요. 어떤 책인지 선생님에게 설명 듣고 싶어요. 그러고 나서 읽어 볼게요."

"나도 막 읽기 시작했는데, 진도가 나가지 않아요."

"제목을 보면 재미있을 듯한데요?"

"제목이 자극적인데, 내용은 좀 낯설어요."

"읽고 싶어져요. 선생님에게 관심 있는 책이라서."

운명론자가 된 것처럼 호세는 그녀와 만난 시점부터 하나하나 점을 찍으며 연결하기 시작했다. 지하주차장 → 첼로 → 유주경 → 마태 수난곡 → 데미안 → 커피숍 '티' → 섹스, 부활의 열쇠. 우연히라도 일어날 수 없는 일들이 운명처럼 연결된다. 악보 첫머리에 특이하게 망치로 두드리는 듯한 8개의 음표로 이루어진 동기(모티프)를 두고 사람들이 궁금해하자 베토벤은 "운명은 이렇게 문을 두

드린다”라고 말하여 그의 다섯 번째 교향곡이 「운명 교향곡」이 되었다. 이 동기는 연주 내내 등장하며 음악을 이끈다. 30분 정도 걸리는 이 교향곡을 그는 무려 5년이나 걸려 작곡했다. 이 긴 시간, 베토벤이 문을 열려고 노력한 그 운명은 과연 무엇이었을까. 운명은 거스를 수 없다. 이미 정해진 길이다. 모세가 이집트를 떠나기 전 하나님의 목소리를 듣고 “내가 그들에게 가서 말씀을 전할 때 **그분**이 누구냐고 물으면 뭐라고 대답해야 합니까” 하고 물었다. 그러자 하나님은 “나는 있는 나다.”라고 대답했다. ‘있는 나’ 쉬 알아들을 수 없는 말이다. 문법상 해득할 수 없는 언어다. 이를 후대 사람들은 거룩한 그분의 이름을 함부로 부를 수 없어 히브리어의 첫 음을 따 야훼(YHWH)라 하였고, 중세에 와서 YHWH, 이 네 글자를 소리 나지 않게 하려고 히브리어에 없는 모음을 붙여서 만든 이름이 ‘여호와’다. 여호와는 실존에 부여된 이름이 아니라 가상으로 기억하는 이름이다. 이 역시 거스를 수 없는 운명이며, 아담과 이브의 후손들이 시간의 역사를 열며 가야 하는 이미 결정된 ‘인간의 길’이다.

베토벤은 이를 고민하며 5년에 걸쳐 거역할 수 없는 이 운명의 문을 두드린 것이다.

지금 방 안에 흐르는 「마태 수난곡」, 이 역시 유주경과의 운명으로 이어진다. 그녀의 검은 첼로 가방에서 흘러나온다. 모세가 들은 **그분**의 목소리처럼.

벽에 걸린 창문에 이름 모를 새 한 마리가 날아간다. 그렇게 그에게 그녀가 운명처럼 다가왔다.

유주경은 첼로 하나를 들고 호세에게로 왔다. 모세가 야훼의 음성을 들은 것처럼, 호세는 검은 가방 속에 든 첼로의 목소리를 들었다. 그녀가 그에게 온 게 아니라 첼로가 그에게로 왔다. 첼로 가방 속에 갇혀 있던 그녀를 그가 잠깐 자유공간으로 꺼냈다. 그건 모세가 야훼의 음성을 들은 것처럼 이미 무언의 약속으로 그녀와 계약했다.

그와 결혼한 이후에도 유주경은 첼로에서 벗어나지 못했다. 그녀는 섹스를 싫어했다. 결혼했으니 당연히 남편과 섹스해야 한다는 걸 그녀는 이해하지 못한다고 했다. 신혼 첫날을 함께 보낸 뒤 호세는 그녀와 제대로 밤 사랑을 나눈 기억이 별로 없다. 섹스 한번 하려면 거의 전쟁에 가까운 몸부림이 있어야 한다. 섹스하기 전에 이미 그는 몸이 먼저 지쳐버렸다. 그것 외에는 그녀와의 결혼 생활에 아무 문제가 없다. 다정하고, 온화하며, 남편에 대한 배려도 평범한 사람들의 수준을 벗어나지 않는다. 첼로를 안고 세상을 살아가는 데 더 익숙한 그녀의 삶을 결혼하기 전에 이미 이해했기에 그건 문제가 되지 않았다. 결혼한 남자가 섹스리스라니, 치과의사가 해결할 수 있는 영역이 아니었다. 그녀가 말했던 것처럼 섹스를 위해 결혼한 건 아니다. 섹스로 인해 몇 번 다툼이 있고 난 뒤 그녀가 말했다.

"이 문제는 각자 자유롭게 해결하기로 해요. 난 당신이 다른 여자와 섹스하고 와도 문제 삼지 않을 거예요. 내 걱정은 말아요. 다른 남자와 자는 일은 결코 없을 테니."

몸은 반복에 익숙해진다. 아내가 첼로와 함께 살듯이 그는 책을 읽고 음악을 들으면서 주기적으로 발동하는 섹스의 욕망을 잠재웠다. 베스트셀러가 된 두 권의 책 가운데 한 권은 그가 아내와 섹스 때문에 치른 전쟁과 검은 가방 속 첼로 이야기다. 그렇게도 살 수 있다. 섹스 없는 삶. 불가능할 것 같은 일이 호세에게도 일어났다. 다만 그녀와 같이 한 지붕 아래에서 밤을 보내는 일은 여전히 괴롭다. 그녀에게 늘 연주 스케줄이 있기를, 자기가 잠든 늦은 밤에 돌아오길 그는 바랐다. 어머니에게 그랬던 것처럼.

이때 호세에게 또 한 여인이 다가왔다. 정확히 말하면 그녀의 영혼이 찾아온 것이다. 루 안드레아스 살로메다. 그녀가 쓴 『니체의 작품으로 본 니체』를 읽었다. 독일어로 된 책이다. 이 책은 나중에 『살로메, 니체를 말하다』로 국내에 번역 출간되었다. 루 폰 살로메(결혼하기 전 그녀의 이름)를 사랑한 남자가 많다. 당대 지성으로 불리던 파울 레에, 프리드리히 니체, 라이너 마리아 릴케, 지그문트 프로이트 등이 그들이다. 모두 그녀에게 청혼했지만 거절당한다. 유일하게 릴케만 4년간 그녀와 연애했다. 하지만 릴케 역시 그녀와 결혼하지는 못한다. 잠시 파울 레에와 니체가 그녀와 '삼위일체'

로 불리는 동거를 했다. 두 남자가 한 여자와 동거한 것이다. 살로메가 두 남자의 침실을 오가며 섹스가 아닌 지성의 영혼과 동거했다. 살로메는 이성과의 섹스를 철저하게 거부했다. 그러다가 26살에 독일의 동양학자 프리드리히 칼 안드레아스와 결혼한다, 이때부터 그녀는 루 안드레아스 살로메가 되었다. 그녀가 다른 남자와 결혼하는 것을 본 파울 레에가 충격을 받고 그녀와의 추억이 깃든 절벽에서 자살해 버렸다. 결혼하여 부부가 되었지만, 살로메는 남편 안드레아스와도 섹스를 거부했다. 그래서 안드레아스가 가사 도우미와 바람이 나지만 살로메는 그것을 허용했다. 두 사람 사이에 자녀가 태어났고, 살로메는 그 아이를 자신의 아이로 키웠다. 상트페테르부르크 출신인 살로메가 톨스토이의 소설 『안나 카레리나』를 읽었을 것이다. 안나 카레리나의 영혼이 살로메에게로, 다시 그의 아내 유주경에게로 옮아왔다. 75세로 죽기 전에 살로메는 "여자는 사랑 때문에 죽지 않는다. 사랑의 결핍으로 서서히 죽어간다."라고 말했다. 그녀는 평생 그 **결핍**을 채우려고 정신분석학에 매달리기도 했다. 호세가 벌이던 아내와의 섹스 전쟁을 결정적으로 해결해 준 사람이 루 안드레아스 살로메다.

오피스텔을 구한 게 이 무렵이다. 호세는 그곳을 '둥지'라고 불렀다. 치과의원 앞에 둥지를 마련하고 그는 그곳에서 퇴근 이후의 생활을 시작했다. 별거는 아니다. 대부분 잠은 집에 가서 자며 집필할 때 많이 늦으면 가끔 둥지에서 자기도 한다. 그가 아내와 의논한 일은 아니다. 그렇게 한다는 의견을 전했고, 명쾌한 답을 들은 건 아니지만 그의 아내도 암묵적으로 인정한 일이다. 아직 한 번도 자신의 둥지에 그의 아내는 물론 여자가 방문한 일은 없다.

그의 둥지에 최초 여자가 왔다. 그녀가 와서 그곳은 이제 에덴의 방이 되었다.

카톡이 울렸다. 운희다. 액정에 3이 떴다. 진료를 마치고 호세는 그녀에게 전화했다. 그녀의 문자나 대화는 극도로 압축된다. 축약이 아니라 압축이다. 응축된 문장을 녹여야 전체 의미가 파악된다. 그는 이제 그녀의 언어에 익숙해졌다.

"이번 토요일."

"몇 시?"

"7시."

"심장이 뛴다. 많이."

"그날처럼, 안개가 끼면 좋겠다."

토요일은 닷새 남았다. 약속은 절대적이다. 어떤 일로도 미루어지거나 앞당겨질 수 없다. 절대적 약속. 닷새는 매우 긴 시간이며 무슨 일이 언제 생길지 모른다. 더 중요한 일이 생겼다 해도 이 약속을 위해 모든 걸 희생해야 한다. 뛰는 심장을 위해서다.

8

여자는 왜 남자에게는 없는 자궁을 가지고 있을까. 고등학교 2학년 때까지 초경을 하지 않아 운희는 어머니와 병원과 한의원을 번갈아 다녔다. 초등학교 5학년 때 같은 반 친구가 손가락에 작고 앙증맞은 금반지를 끼고 있었다. 여자가 반지를 끼는 건 애인이 생겼거나 결혼한 징표인 줄로만 알았다. "여자 남자가 한 몸으로 붙어 다닐 수 없으니 대신 고리로 묶어 놓은 거야." 반지 낀 어머니에게 "반지를 왜 끼는 거야?" 하고 물었을 때 그녀 어머니가 한 말이다. 친구가 낀 반지를 봤을 때 그녀는 호기심보다 질투가 생겼다.

“누구야?”

“뭐어?”

“그거, 반지.”

운희가 턱 끝으로 반지를 가리키자, 그녀의 친구는 얼굴이 발개졌다.

“진짜 맞네. 누구랑?”

“아냐, 그런 거.”

“그럼, 왜 반지를 꼈는데?”

한참 머뭇거리던 그녀의 친구가 그녀의 귀에 입을 가까이 대고 나지막하게 말했다. “나, 그거 해.” 며칠 전 초경을 했다는 것이다. 그녀의 아버지가 기념으로 금반지를 해주었다. “안쪽에 날짜가 찍혀 있어.” 그녀의 친구는 반지 낀 손가락을 까딱 세워 보였다. 노랗게 반짝이는 금반지, 그 작은 손가락이 그녀에겐 거대한 오벨리스크처럼 보였다.

그때 갑자기 이명이 들려 운희는 귀를 아프게 문질렀다. 어떻게 상처도 없이 몸에서 피가 날 수 있으며, 가장 은밀하게 감추어 놓은 여자의 그곳으로 피가 흘러나오는가. 이건 악마의 장난이다. 이때 생긴 이명이 평생 그녀를 따라다녔다. 아무에게도 말하지 않은 그녀만의 비밀이다. 그게 병인 줄도 몰랐다. 크게 불편하지도 않았다. 가늘게 이어졌다 끊어졌다 반복하는 그 소리가 마치 혼자만 다니는 비밀의 숲길 같았다. 어쩌다 소리가 안 들리면 그녀는 오히려 불안했다. 심지어 초경이 없는 아이들에게만 그 소리가 들리는 줄 알았다. 초경이 오지 않길 그녀는 기도했다. 자궁이 오그라들고 아이를 낳지 않길 바랐다. 그녀는 자기 아버지가 누군지 모른다. 그녀의 어머니는 미혼모다. 몰래 어머니의 일기를 훔쳐보고 그 사실을 알았다. 그때까지 그녀는 아버지와 이혼하였다는 어머니의 말을 믿었다. 더 놀라운 사실은 어머니가 누구에게 강간을 당했다. 누군지 그녀의 어머니는 안다. 그녀 어머니의 일기에 xx로 표기된 그 남자다. x를 3개 붙이지 않은 건 그 남자가 이름을 부를 수 있을 정도로 가까운 사이였다는 의미가 아닐까. 그녀는 그 기호를 오랫동안 들여다보았다. 그가 누구인지 궁금했지만, 그녀는 어머니에게 묻지 않았다. 어머니가 아는 남자들을 볼 때마다 그녀는 그 가운데 자기 아버지가 있을지 모른다는 추측을 해보기도 했

에덴의 방

다. 어느 날 그녀의 외할머니가 그녀에게 "너만 안 나왔으면 내 딸 팔자가 뒤집어지지 않았을 건데." 했다. 어릴 때 들었는데 그게 기분 좋은 말이 아니라는 걸 그녀는 알았다. 평소와 달리 외할머니의 어투가 거칠었다. 그 의미를 확실히 안 건 어머니 손에 이끌려 산부인과에 다닐 때다. 어릴 때 들은 외할머니의 말이 이명을 누르고 천둥 치듯 귓속으로 들어왔다. 그녀는 평생 초경이 오지 않길 바랐다.

첫 섹스를 운희는 엉뚱한 호기심에 했다. 낯선 남자다. 우연히 길에서 만난 남자와 모텔에 갔다. 초경을 하지 않으면 임신할 수 없다는 사실을 직접 확인해 보고 싶었다. 나중에는 더 엉뚱한 관심으로 바뀌었다. 남자가 바뀔 때마다 그녀는 남자의 성기를 관찰했다. 그녀가 최초로 남자의 성기를 본 건 초등학교에 들어가기 전, 여섯 살인가 일곱 살 때다. 옆집에 살던 아이와 담 밑에서 소꿉놀이하는데 그 아이가 앉아 있는 그녀의 얼굴 앞에서 바지를 내리더니 갑자기 고추를 꺼내 보여주는 거였다. 그러면서 "너는 이거 없지" 했다. 놀라고 부끄러워서 그녀는 얼른 두 손으로 눈을 가렸다. 그 아이가 계속 그러고 서 있어서 그녀는 손가락 사이로 그 아이의 고추를 훔쳐보았다. 새끼손가락보다 작은 고추가 참 예뻤다. 만져보고 싶은 충동을 억지로 참았다. 처음 그녀가 성인 남자의 성기를 봤을 때 그 아이의 고추가 떠올랐다. 사람의 몸과 별도로 번데기같이 생긴 고추가 생명체처럼 자라는 줄 알았다. 얼굴이 다르듯 성기 모양이 모두 달랐다. 그게 신기하기도 했으나 어릴 때 본 그 아이의 고추와 달리 어른의 성기는 악마의 얼굴 같았다. 정말로 남자의 성기는 생명을 가진 동물처럼 혼자 꿈틀거리며 성장했다. 독버섯같이 생긴 귀두가 사람마다 달랐으며, 입구가 입처럼 오물거렸다. 한 번은 사진을 찍어 기록물로 남기려 했다가 실패했다. 그 남자가 불같이 화내며 옷을 입고 달아나 버렸다, 그 뒤로 사진 찍는 일은 더 이상 시도하지 않았다. 성기 관찰보다 섹스의 쾌락이 더 좋아졌다. 온몸이 녹아내리는 오르가슴과 함께 그녀는 대기권을 빠져나가 우주공간으로 진입하는 자유의 환상을 보았다.

그 무렵 운희는 새로운 사실을 알았다. 세상에

에덴의 방

서 남자의 옷을 벗기는 게 제일 쉬운 일이라는 걸. 사진 찍으려다 놓친 그 남자 외에는 한 번도 옷 벗기기에 실패한 적 없다. 남자의 섹스 아킬레스건을 그녀는 잘 안다. 그 어떤 남자도 마음만 먹으면 옷을 벗길 수 있었다. 아버지뻘 되는 남자와 섹스할 때 그녀는 이 남자가 혹시나 어머니를 강간한 그 남자가 아닐까, 엉뚱한 상상을 하기도 했다. 그런 날은 자기가 그 남자를 강간하는 악마 역할을 했다. 피임하지 않아서 누리는 섹스의 자유가 겨드랑이에 날개를 단 것처럼 행복했다.

꿈은 무한 성장하지 않는다. 운희의 꿈이 깨졌다. 대학교 2학년 때 그녀는 초경을 했다. 초경을 하던 그날 그녀는 사귀던 남자를 버렸다. 너무 태양 가까이 다가간 걸까. 이카로스처럼 그녀의 날개가 녹아버렸다. 유일하게 얻어낸 자유도 함께 사라졌다. 그때부터 그녀는 남자가 싫어졌다. 자기 같은 아이가 또 세상에 나오는 게 두려웠다. 자기 몸에서 자궁이 사라지길 바랐다. 돈을 벌면 제일 먼저 뱃속에 있는 자궁을 떼 내 버리기로 했다.

섹스의 자유를 잃은 대신 운희는 이야기 하나를

얻었다. 그 이야기에 그녀는 「자궁에 갇힌 생명의 빛」이라는 제목을 달았다. 석사과정 논문으로 제출하려다가 말았는데, 아직도 그 이야기는 성장 중이다. 제출했으면 교수님이 통과시켜 주었을까. 그 결과를 확인하지 못한 걸 그녀는 지금도 후회한다.

대학원 1년차 때 운희는 경주에 답사 가서 토우土偶로 장식한 장경호長頸壺를 보았다. 1,600년 전에 살았던 신라 사람들의 이야기가 그 항아리에 담겨 있었다. 그것도 은밀하게 사람들의 눈을 피해 즐긴 달콤한 섹스 이야기들, 그 뜨거운 욕망이 똬리 튼 뱀처럼 어둠 속에서 신화를 품고 있다가 세상 밖으로 나왔다. 항아리 뚜껑에 잘생긴 남자의 성기를 손잡이로 붙여 놓은 것도 있다. 남자와 여자가 격렬하게 섹스하는 모습을 적나라하게 묘사한 토우들도 있으며, 체위도 각양각색이다. 그녀가 한 번도 시도해 보지 못한 체위들도 있다. 그런가 하면 경배하는 듯 경건한 자세로 섹스하는 장면을 구경하는 토우도 있다. 몰래 숨어서 보는 게 아니다. 경건하게 예의를 갖추어 공연을 보듯 당당하게

에덴의 방

본다. 남의 섹스를 경건하게 예의를 갖추어 바라보는 사람들이라니. 1,600여 년 전 신라인들의 모습이다. 그녀는 주변을 힐끗 돌아보았다. 모두 토우를 바라보느라 주변 사람들을 의식하지 않는다. 마치 장경호에 붙은 토우들 같다. 이걸 난삽한 문화라고 할 수 있는가? 이를 보존하며 뭇사람들에게 보여주는 이 당당한 위엄. 섹스를 노출할 수 있는 자유가 거기 흐르고 있었다.

유물을 살펴보던 운희는 황급히 화장실로 달려갔다. 참을 수 없는 요의를 느꼈다. 소변 줄기를 타고 참았던 욕망이 쏟아졌다. 그녀는 온몸을 뒤틀며 짜릿한 쾌감을 맛보았다. 짧은 순간이었다. 리본장어처럼 혹시 자웅동체가 아닐까 하고 그녀는 자신을 의심했다. 수음 행동을 하지 않았는데도 혼자서 오르가슴을 느끼는 게 신기했다.

이 유물들은 모두 옛 무덤에서 나왔다. 슬픔을 삭이며 엄숙하게 치르는 장례문화에 섹스 장면을 연출한 토우들을 왜 순장했을까. 사탄으로 불리는 뱀이 왜 삶과 죽음을 묘사하는 장면에 꼭 등장하는

가. 운희는 이 문제를 심도 있게 연구하고 싶었다. 전공과 다른 생뚱맞은 주제를 선택한 걸 교수님은 어떻게 받아들일까. 궁금하고 조금 걱정되었지만, 반드시 학점 따고 논문을 통과시키기 위해 대학에 다니는 건 아니다.

운희는 이야기의 발단을 구약성서로 시작했다. 아담과 이브. 하나님이 흙으로 빚은 최초의 인간이다. 이브가 뱀의 유혹을 받아 선악과를 따먹고 섹스한 원죄로 후손인 인류에게 삶과 죽음의 고통을 함께 전했다. 이들은 인간의 길을 만들고 자녀들을 낳아 길렀다. 에덴에서 출발한 인류는 초기에는 아담과 이브, 그리고 그의 가족들밖에 없었다. 이들은 형제자매와 근친상간하여 인류의 길을 만들어야 했다. 아담과 이브는 알았다. 참 달콤하고 황홀한, 육즙이 꿀처럼 흐르는 과일보다 더 맛있고 황홀한 것임을. 이때부터 우리 인간은 거대한 성에 갇혔다.

『삼국유사』에 남자의 성기에 관한 이야기가 두 편 있다. 제22대 지철로왕智哲老王과 제35대 경덕왕의 이야기다. 지철로왕은 지중왕이다. 그는 성

에덴의 방

기가 1척 5촌이었다니 45cm가 넘는다. 배필 구하기 어려워 사신을 전국에 보내 이를 감당할 수 있는 여자를 찾게 했다. 모량부에서 큰 똥덩어리를 사이에 두고 개 두 마리가 싸우는 모습을 사신들이 봤다. 똥덩어리가 예사로 큰 게 아니었다. 사신들이 그 똥의 주인을 찾으니 그곳 대감 딸이 빨래하다가 숲속에서 똥을 누었다는 것이다. 그녀는 키가 7척 5촌, 2m가 훌쩍 넘는 거구였다. 그녀를 모셔와 왕후로 받아들였다고 한다. 지철로왕은 우산국을 신라에 복속시킨 왕이다. 경덕왕은 그보다 작은 8촌인데 25cm가 조금 넘는다. 왕비가 아들을 낳지 못하자 서불감 김의충의 딸 만월부인을 왕후로 맞았다고 기록했다. 이 역시 성기가 커서 문제가 되었다.

신라에서 왕이 되려면 우선 그것이 커야 한다는 의미인가? 운희는 이 기록을 이렇게 해석했다. 인간의 탄생과 삶, 그리고 현세에서 집단의 지도자로 표징되는 건 '섹스'다. 아담과 이브가 그랬으며 인류 역사를 연 지도자 역시 그러하였다. 동물의 세계도 마찬가지다. 힘센 수컷이 암컷을 차지하며,

목숨을 걸고 싸워 그 집단의 우두머리가 된다. 제정일치 시대를 거쳐 지금의 인류 사회가 형성된 것은 신神으로 부활하는 힘이었다. 그리하여 인간은 매 순간 신화의 세상으로 접근한다.

현재의 속박에서 벗어나 자유공간 에덴으로 가는 열쇠. 이집트의 신성문자에 '천국의 열쇠'로 기록한 앙크는 동그라미 아래 십자가 모양(우)이 달렸다. 섹스를 상징한다. 오늘날 남성 여성을 표현하는 기호를 여기에서 따왔다. 여성은 붉은색 동그라미 아래 십자가(우)가 달렸으며, 남성은 푸른색 동그라미 오른쪽에 화살표(♂)를 세웠다. 여성은 금성(비너스), 남성은 화성(마즈)이다. 이는 섹스를 우주로 상징하며, 이를 통해 영혼이 우주와 소통한다.

이렇듯 고귀하고 신성한 의미를 지닌 섹스가 언제부터 남의 눈을 피해 몰래 하거나 심지어 비도덕적인 행위로 치부하며 허가받은 사람끼리만 해야 한다고 믿는다. 왜 이런 굴레를 씌웠을까. 그 답을 찾는 게 그녀가 쓰는 「자궁에 갇힌 생명의 빛」의

요지다.

섹스의 유혹으로 인간에게 원죄를 짓게 하여 사탄이 된 뱀이 오히려 현실에서는 생명과 부활의 아이콘으로 등장한다. 남자(아담)와 여자(이브)가 만나 옷을 벗고 원초적 동물로 돌아가는 데는 엄청난 정신의 변화가 필요하다. 옷을 입었을 때와 벗었을 때의 그(남자)와 그녀(여자)는 전혀 다른 사람이 되어야 한다. 자기 안에 있는 또 다른 자기를 꺼내는 일은 죽음과 탄생이라는 부활의 의식을 거쳐야 한다. 이 충격을 멀쩡하게 옷 입고 이성으로 무장한 사람들이 만들 수 있겠는가. 이 역할을 뱀이 한다. 천지창조의 땅 에덴에서 처음으로 이 역할을 담당한 뱀은 그 후손인 인류에게 지금도 여전히 그 길을 인도하고 있다.

그리스 신화에 하기에이아 여신이 있다. 의술의 신 아스클레피오스의 딸이다. 아스클레피오스는 아폴론의 아들로 죽은 사람도 살릴 수 있는 묘술을 가졌다. 뱀이 친친 감고 있는 약사발이 하기에이아의 상징이다. 독일에서 약국을 아포테커(Apotheke)라고 한다. 첫 글자 A를 약국 문양으로 사용하는데, 이 글자에 하기에이아의 성배를 휘감은 뱀이 있다. 신화에는 하기에이아의 아버지 아스클레피오스가 잎사귀로 병든 뱀을 살리는 장면이 나온다. 약초의 존재를 알리는 메시지다. 약이 여기에서 나왔기에 이를 약국의 상징으로 삼는다. 여기에도 악마가 등장한다. 아스클레피오스가 아픈 사람을 치료하여 낫게 하자 저승의 지배자인 죽음의 신 하데스가 자기 백성을 빼앗은 데 대해 분노한다. 삶과 죽음은 이렇듯 한 몸이면서 약과 독으로 함께 존재한다. 아스클레피오스는 뱀을 감은 지팡이를 들고 다닌다. 그래서 오늘날 구급차와 세계보건기구(WHO)의 마크에 이 뱀이 있다.

인류 문명의 원조 메소포타미아 수메르 신화에서도 뱀이 치유의 신으로 나온다. 닌기쉬지다다. 이 닌기쉬지다의 양쪽 어깨에 뿔이 달린 뱀이 똬리 틀고 있다. 이 문양을 그리스어로 파르마콘(Pharmakon)이라고 하며 오늘날 약을 가리키는 말이 되었다. 두 뱀이 하늘로 올라가는 상인데, 이 역시 약과 독이 함께 들어있음을 표현한다. 오늘날 군의관 배지와 약국 문에 이 문양이 있다. 고구려

에덴의 방

고분 벽화 사신총 현무도는 뱀과 거북이 서로 얽혀 있다. 뱀은 양기를 거북은 음기를 상징한다. 이 모두 생명의 부활과 죽음을 표징한다.

천지창조의 땅 에덴에서 아담과 이브가 섹스하여 인간의 길을 만드는 데 뱀이 중심 역할을 했다. 그러고 나서 인간과 신화의 세계 속에서 뱀이 질서와 재생을 제도한다. 여기에서 뱀의 역할. 즉 섹스는 육체와 영혼, 삶과 죽음의 경계에 있는 문門을 여는 열쇠다.

전북 부안읍의 둠벙 속 웅덩이에서 수뱀과 암뱀이 만나 승천했다는 전설이 전한다. 이 이야기는 회룡동回龍洞 등 지명의 기원이 되기도 했다. 이러한 전설은 경주를 비롯하여 전국적으로 등장한다. 이는 예부터 섹스를 천상으로 오르는 행위로 받아들였다는 걸 의미한다. 삶과 죽음, 그리고 재생을 섹스에서 찾으려고 했다.

인류에게 원죄를 안긴 뱀은 인류를 살리는 상징, 즉 섹스 아이콘이다. 수뱀은 여러 암뱀과 긴 시간 섹스를 하며 암뱀은 많은 알을 낳는다, 또한 뱀은 허물을 벗으며 끊임없이 새로운 생명으로 재생한다. 섹스와 생명의 재탄생, 이것이 인간의 본래 모습인 삶과 죽음, 그 이중성을 상징한다.

신라의 토우로 장식한 장경호는 **재생 스토리**다. 죽은 이가 다시 태어나길 염원하는 부적으로 순장했다. 천사와 악마가 한 몸으로 유희하는 섹스는 우주공간으로 나아가는 춤이다. 가식의 허물을 벗고 다시 태어나는 부활의 탱고다.

이 논문은 아직도 초고 상태 그대로 있다. 석사 학위보다 운희는 이 논문이 부정적 시선으로 평가 내려지는 게 싫어 제출하지 않았다.

죽음과 부활. 어쩌면 인간의 삶은 처음부터 뜬 구름 잡는 이야기인지 모른다. 탄생부터 자의적이지 않다. 왜 왔는지 모르는 상태에서 세상에 왔다. 타인의 섹스로 인간이 만들어지다니. 천지창조, 이 엄숙한 순리에 옥의 티 같이 모순이 담겼다. 자기가 하는 일이 뭔지도 모르며 왜 하는지도 모른다면 이는 엉뚱하고 황당한 일이다. 인간은 이 엉뚱하고 황당한 출발을 하여 살아간다. 살아가니까 살아간

에덴의 방

다. 존재 의미도 없이 타인의 사랑 행위 결과로 불쑥 세상의 문을 열고 나온 게 인간이다. 태생적으로 인간은 맹목적으로 살아갈 수밖에 없는 존재다. 그렇게 온 뒤, 거기서부터 '너의 책임'으로 길을 만들고 **사람다운** 목표를 이루라고 한다. 실존이 본질에 앞섰다.

인간이라면 누구나 피할 수 없는 한계상황과 부닥친다. 죽음, 고통, 죄책감, 투쟁, 이 길을 건너야 한다. 우리가 인식할 수 없는 세상 너머에 이름 붙이지 못한 존재들이 있다. 이것이 **포괄자**(包括者, Das Umgreifende)다. 인간은 익숙한 세상에 존재하면서 이 포괄자와 끊임없이 교통하여 자신의 위치를 결정할 수밖에 없다. 포괄자를 관통한 사람을 **초월자**라 했으며, 이것이 **실존**이다. 이를 지나와야 실제로 존재하는 인간이 된다.

니체 역시 이를 초인이라 했으며, 차라투스트라의 입을 빌려 낙타와 사자와 어린이로 세 가지 변화를 던졌다. 낙타에서 사자로, 다시 어린아이로 회기해야 한다. 낙타가 무거운 짐을 지고 묵묵히 사막을 건너듯 인간은 순종해야만 하며, 이 기존의

가치와 규범을 비롯한 모든 굴레를 사자가 먹이를
사냥하듯 파괴해야 한다. 그러나 사자는 이후 새로
운 세상을 만들 수가 없다. 파괴로 사라지지 않고,
파괴가 곧 재생이며 새 생명으로 부활하기 위해서
마지막으로 어린아이가 되어야 한다. 이 아이는 과
거를 알 수 없으며 오직 현재만 알고 즐긴다. 이 현
재가 미래가 되며 그 미래 역시 현재로 존재한다.
삶을 놀이로 볼 수 있는 자가 어린아이다. 이것이
초월자에 이르는 길이다.

섹스를 통해 호세와 윤희는 초월자 어린아이가
되는 길을 알았다. 사자처럼 규범을 파괴하고, 바
람이 그러듯이 소유를 버리며 존재의 문을 연다.
아담과 이브가 처음 세상을 연 그 에덴으로 돌아가
야 재생과 부활의 빛을 본다.

운희는 언젠가 유럽을 여행할 때 가 본 아테네
의 고대 디오니소스 극장을 떠올렸다. 극작가 아리
스토파네스가 비극 「구름」을 디오니소스 극장 무
대에 올렸다. 솜털 같은 그 구름이 세상을 뒤집었

에덴의 방

다. 소크라테스가 사약을 마시고 아테네에서 사라졌다. 그의 「구름」이 소크라테스를 죽인 것이다. 소크라테스의 저주였을까. 곧이어 아테네를 지지하는 도시국가 델로스 연합군과 스파르타를 지지하는 도시국가 펠로폰네소스 연합군 간의 전쟁이 일어난다. 이 펠로폰네소스 전쟁은 27년간 계속되었다. 전쟁에 지친 아테네와 스파르타 여인들이 아테네의 아크로폴리스에 모여 섹스 파업을 결의했다. 남자들은 서로 죽이며 전쟁을 벌이고, 여자들은 함께 모여 영혼을 합친 것이다. 이를 보고 아리스토파네스가 이번에는 희극 「리시스트라테」를 만들었다. "남자들은 정치보다 섹스가 더 급할 것이다. 여자들이여, 안정된 정부가 구성될 때까지 섹스를 거부하자!" 결국 여인들의 이 섹스 파업이 전쟁을 끝내게 하는 데 일조했다. 남자는 섹스를 하지 않으면 아무것도 할 수 없도록 만들어졌다. 섹스가 부활의 빛을 비춘 것이다.

9

호세는 에덴의 별로 간 그 두 남녀가 궁금했다. 장자의 「호접몽」, 그들이 자기들 같고, 자기들이 그들 같다. 호세는 엉뚱한 생각을 했다. 이 방을 '에덴의 방'이라고 한 운희가 혹시 『섹스, 부활의 열쇠』를 읽은 게 아닐까. 그는 그녀에 대해 별로 아는 게 없다. 그녀가 말하지 않았을 뿐만 아니라, 그도 묻지 않는다. 안다고 해도 달라질 게 없다. 화성과 금성은 멀리 따로 떨어져 있으면서도 우주를 이룬다. 떨어져 있는 섬들이 물 밑 땅으로 서로 이어져 있듯이. 여자와 남자에게 우주는 서로를 잇는 언어다. 둘만의 언어로 만난다. 언어가 존재하면 아무리 멀리 떨어져 있어도 하나의 우주가 된다. 어차피 둘은 우주로 가서 하나의 별이 될 것이다.

오랜만에 호세는 『섹스, 부활의 열쇠』를 읽기 시작했다. 이번에는 꽤 오랜 시간이 지나서 읽는다. 앞서 읽은 스토리가 가물가물하다. 처음부터 책갈피가 끼워진 곳까지, 그는 바람을 일구며 재빨리 넘겨 본다. 내용이 정확히 들어오진 않았지만, 힐끗힐끗 활자가 튀어 오르며 이야기 마디를 만든다. 그는 그 마디를 주워 실에 꿰듯 이었다.

자벨 경감이 나타났다. 반짝이던 두 남녀의 별, 에덴의 별이 자벨에게 다가가 말했다. 사실 여기에 선 자벨도 별이다. 그들은 낯선 서로의 언어를 들을 수 있는 언어로 형상을 만들어 이야기한다.

“당신이 왜 여기 왔는가? 우리가 벗어놓은 옷을 지켜달라고 부탁했는데, 내가 보낸 문자 보지 못했나요?”

“내가 왜 자살했는지 알고 싶어 이곳에 오지 않았는가? 조금 전에 다녀간 그 냄새 나는 철학자들, 모두 다 엉터리야. 귀신 씨 나락 까먹는 소리로 어

떻게 고귀한 정신을 만나겠나. 뭐? 사막의 모래알
을 밟는 사자가 되라? 도대체 그들이 무슨 말을 지
껄이고 갔는지, 주워 담을 수도 없어. 알아듣지도
못하는 말을 내던지는 그들의 이름에 여전히 사람
들이 열광한다는 게 믿어지지 않네. 나처럼 깨끗
하게, 말이 아닌 행동으로 보여주면 금방 알아들을
것을."

자벨 경감, 그의 별은 초록빛이다. 초록색인데
사람들은 푸르다고 말한다. 초록은 파랑과 노랑을
섞은 색이다. 그래서인지 사람들은 초록을 푸르다
고 표현한다. 푸른 초원, 푸른 숲. 푸른 신호등, 얼
마나 엉터리 감성들인가. 인간 세상에 존재하는 일
들이 다 그렇다. 틀리는 것도 맞다고 우기면 맞는
거다. 그리고 계속 그게 맞는 거라 믿으면 그게 정
답이다. 그래서 영혼과 별이 필요하다. 영혼과 별
은 속일 수 없다. 모양도 소리도 없으며 인간의 눈
으로는 볼 수도 없다.

"별빛을 보았는가? 무슨 색? 그 허상의 색에서
진실의 색으로 들어가 보자. 진실의 색을 보기 위
해서는 흰색이 되어야 한다. 과학적으로는 흰색이

에덴의 방

없다. 흰색은 그냥 색이 없다는 의미다. 나는 장발장의 색이 무슨 색인지 보려고 그처럼 집요하게 따라다녔어. 마침내 그의 색을 발견했지. 황당하게도 색이 없는 거야. 없는 색 흰색. 그때 나의 흰색에 무언가가 쑥 들어왔어. 그 색을 밀어내니 또 들어오는 거야. 결국 나는 침입하는 그 색을 피하려고 센강에 뛰어든 거지. 죽어야 할 이유가 없는 내가 그것도 스스로 죽었다는 게 세상 사람들이 믿겠는가?”

외계인의 소리로 들리는 자벨 경감의 그 말이 에덴 별의 언어로 정리되어 들렸다. 초록색, 흰색, 없는 색. 알아들었지만, 그게 뭔지는 보이지 않는다. 개념도 형상도 없는 말이다.

“그대들이 두고 온 옷, 그게 옷인가? 그냥 몸이라고 해요, 불교에서는 그렇게 부르는 모양이지만, 난 불교를 따르는 사람이 아니오. 그 몸, 잘 있을 거요. 어떻게 다시 그 몸으로 들어갈지 몹시 궁금하군. 그걸 알았다면 센강에 뛰어들게 아니라, 나도 얌전하게 벗어놓고 오는 건데.”

별들은 모두 항성이다. 불교 이야기를 한 뒤끝

이어서인지 자벨 경감은 자기 별을 객성客星이라고 했다. 그가 자신의 객성을 초록색으로 한 건 초록색이 시야각이 가장 좁기 때문이란다. 병원 수술복이 초록색인 것도 시야각이 좁기 때문이다. 시야의 중심에 있어야 볼 수 있는 색이 초록이다. 의사가 혈액이나 장기 등 빨간색을 오래 보면 잔상이 남는데, 수술에 방해가 되는 이 잔상을 없애기 위해 수술복을 시야각이 좁은 초록색으로 만든다. 자벨 경감은 사건을 단순화하여 범인을 추적하기에 주변의 복잡한 색깔들에 휘둘리지 않아야 한다. 경주마의 눈에 앞만 바라볼 수 있는 안대를 끼우는 것도 이와 비슷하다, 주변을 둘러보지 않고 앞만 보며 달리게 한다. 말의 시야각을 강제로 좁게 하는 행위다. 자벨 경감은 자신을 경주말로 만들었다.

초록색은 질투이기도 하다. 중국 사람들은 초록색 모자를 쓰지 않는다. '아내가 바람난 것도 모르는 바보'라고 알리는 표식이다. 이처럼 초록색은 부정적 뉘앙스로 자주 이용된다. 어리바리한 사회초년생 여성을 '그린 걸(Green Girl)'이라고 하며, 아무것도 모른다는 의미로 '새파란 것들'이라기도

에덴의 방

한다. 이 모두 시야각이 좁아 주변을 볼 줄 모른다
는 것을 우회적으로 나타낸 말이다. 이 말을 온전
하게 살피면 초록이 인간의 순수한 본성을 가졌다
는 긍정적 의미가 된다. 자벨 경감은 초록색을 좋
아한다고 했다. 부정적 의미로 사용하는 사람들이
있기도 하나 그는 초록색이 순수 자연을 상징한다
고 믿는다. 초록색을 가장 좋아한 사람으로 그는
장 자크 루소를 꼽았다. 인간을 동물로 본 그를 가
장 순수한 사회적 동물, 완결한 인간이라 추커세웠
다, 그래서 루소는 "자연으로 돌아가라!" 하고 외치
며 사회가 가장 **추악한 악**이라고 했다, 그다음으로
영국 옥스퍼드대학 미술학 교수 존 러스킨을 꼽았
다. 그는 초록색을 두고 "나는 이것을 색이라고 부
를 수 없다. 이것은 격돌이다."라고 했다. 또 햇빛
이 비치는 잔디를 볼 때 사람들은 푸른색이라고 한
다. 보이는 대로 아는 게 아니라 아는 대로 본다.

"그대들, 그대들? 그대들은 별 하나가 아닌가.
그럼 '들'이 아니지, 그대는 그림을 좋아하는가?"

"좋아하지 않는 사람도 있나요?"

"그건 모르지. 한 번도 본 적은 없지만, 좋아하

는 사람이 있다는 건 싫어하는 사람도 있다는 뜻 아닌가. 어째서 싫어하는 사람이 없다고 생각하나? 그러니까 그대는 잘 훈련된 인간 가축이 된 거야. 그렇게 알고, 그렇게 배우고, 그렇게 행동했기에 그게 옳다고 단정하고 있잖아. 아무러하든 좋아한다고 하니, 누굴 좋아하는가?"

에덴 별은 잠시 침묵을 지켰다. 침묵인 건 별 속에서 그들 말로 남자와 여자가 의논하고 있어서다. 자벨이 그들 언어를 형상화하기도 전에 에덴의 별 남자가 "빈센트 반 고흐." 했다.

"왜 고흐인가?"

"미쳐서 자기 귀를 잘랐으니까."

"고갱이 자른 게 아닌가? 아무러하든 미치면 제 정신이 아닌데?"

"고흐는 미친 게 아닙니다. 미친 척한 거지. 돈을 좋아하는 고갱이 보기에 미친 것으로 보였을 뿐, 고흐에게는 오히려 고갱이 미친 사람으로 보였을 겁니다. 미친 사람끼리 모이면, 그 집단은 가장 순수한 동물이 되잖아요? 고흐는 그러고 싶어서 자기 귀를 자른 뒤 미친 사람들이 모여 있는 정신병

에덴의 방

원으로 들어간 거고.”

“오, 그건 나도 첨 듣는 말인데? 그대는 철학과 교수인 걸로 아는데, 내가 본 철학자 중 가장 탁월한 것 같군. 나와 좀 다르긴 하나 결과가 같다는 게 신기하네. 아무려면 뭐 어떤가. 지금 우리는 과정보다 결과가 중요하니까. 고흐는 ‘별이 반짝이는 밤하늘은 늘 나를 꿈꾸게 한다’라고 말했지. 그 별이 초록색 별이야.”

고갱이 남프랑스 아를에서 그림을 그리던 고흐를 찾아가 함께 지낸다. 두 사람은 그림으로 가까운 친구가 되었지만, 살아가는 방식은 서로 달랐다. 고흐는 돈과 명예에 연연하지 않고 성직자처럼 오직 그림에만 빠진, 아니 색채 연구에 몰두한다. 이런 고흐를 고갱은 세상 물정 모르는 바보 같다고 나무랐다. 고흐는 고갱을 향해 돈을 밝히는 사람이라고 비난했다. 이후 둘은 걸핏하면 다투었다.

1888년 12월 23일 일요일 그날, 고흐는 면도칼로 자기 귀를 잘랐다. 고갱이 잘랐다고도 하는데 진실은 묻혔다. 두 달 전에 아를에 와서 고흐와 동거하던 고갱은 그림의 화풍을 두고 서로 자주 다투었다. 이날도 두 사람이 격하게 다투었으며, 고갱이 집을 나가버렸다. 그러자 고흐가 자신의 귀를 잘랐다. 자른 귀를 들고 나가 창녀촌에 사는 라셀이라는 여인에게 주었다. 세상의 소리를 잘 들으라는 뜻이었을까. 왜 이런 행동을 했는지는 여러 설이 전하나 정답이 없다. 확실한 건 귀를 잘라버림으로써 고흐는 모두의 세상에서 자기만의 세상으로 가는 문을 열었다. 그러고는 그만이 살 수 있는 공간 생레미 정신병원으로 갔다. 고흐는 그곳에서 별이 가득 빛나는 밤하늘의 깊고 고요한 어둠을 보았다. 밝음이 아닌 어둠 속에서 그는 평화를 찾았고, 어둠 속에 존재하는 사물을 보는 눈을 얻었다. 이때 본 하늘이 코발트블루와 노란색이었다. 그리하여 「별이 빛나는 밤」이 탄생했다. 파랑과 노랑을 섞으면 초록색이 된다. 고흐는 초록색을 만든 게 아니라, 초록색 별에서 코발트블루와 노랑을 분리했다. 밤을 검게 그릴 수 없다, 밤을 모르는 사람들에게는 밤이 검게 보인다, 그는 어둠 속에 사물과 감성이 존재한다는 걸 알았으며, 그것을 보았다. 그걸 화폭에 옮겼다. 코발트블루와 노랑으

에덴의 방

로 별이 빛나는 밤을 그린 것이다, 빛은 노란 초승
달 안에 가두었다. 어둠을 보기 위해서다. 어둠 속
에서 코발트블루가 살아 숨 쉬도록. 만약 초승달의
빛이 새어 나왔다면 밤은 초록색이 되었을 것이다.
이 그림에서 보이지 않는 초록이 보여야 한다. 고
흐는 초록을 그린 게 아니라 초록을 해체하여 파랑
과 노랑을 분리했다. 그 안에 초록을 감추었다. 칼
야스퍼스가 말한 포괄자의 세계를 그린 것이다. 이
런 사람, 이런 고흐가 과연 미친 사람이라 할 수 있
는가? 고흐의 「별이 빛나는 밤」이 없었으면 미치
지 않은 그대들이 이런 색깔과 이런 사물을 어둠
속에서 볼 수 있었을까. 파도치는 소용돌이는 바
람이다. 그는 불안과 혼란을 이 푸른 바람에 날렸
다. 그림을 그린 뒤 그는 파리에 있는 동생 테오에
게 편지를 썼다. "모양에 대한 탐구는 사물의 진정
한 감정을 빼앗아 간다." 현실의 공간을 빠져나간
고흐는 이듬해 스스로 우주의 초록색 별이 되었다.
힘들게 찾은 자기의 성城을 세상 사람들에게 빼앗
기기 싫어서였을 것이다.

　자벨 경감은 에덴의 별을 바라보았다.

"그대가 좋아하는 스트릭랜드 말이야. 그 못된 고갱 아닌가? 서머싯 몸이 고갱을 좋아해서 그를 자신의 소설에 초대한 거지. 쓰레기 같은 6펜스를 버리고 고요한 달빛 속으로 탈출한 스트릭랜드. 참 멋진 사내지. 여기에서 보니 그가 그대를 닮긴 닮았네. 섹스로 문을 열고 그대와 함께 별이 된 저 여인, 쓰다 만 논문을 글이 아닌 행동으로 완성하려 했더군. 정말 예리해. 좀 전에 만났던 그 잘난 철학자들보다 훨씬 훌륭해. 그래서 그대 둘이 하나의 별이 된 게 아닌가?"

자벨 경감의 설명이 조금 전에 다녀간 하이데거나 니체보다 더 날카롭고 강렬하다. 에덴의 별에 있는 남자와 여자는 마치 자신들이 지금 고흐가 그랬던 것처럼 정신병원에 들어온 듯한 기분이었다. 별에서 자신들이 살던 지구를 바라본다. 그곳에서도 누군가 에덴의 별을 볼 것이다.

"이제 내 이야기를 해야겠군. 그게 궁금해서 그대들이 나를 찾아 여기까지 온 게 아닌가? 기원전 4004년 10월 22일을 보고 싶어 했잖은가."

불행한 사람들, Les Misérables(레 미제라블). 그날, 1832년 6월. 파리에서는 시민들의 봉기가 최고조에 달했다. 길거리에는 진동하는 화약 냄새 속에 총성과 피바람이 소용돌이쳤으며 분노와 공포가 거센 불길로 타올랐다. 자벨 경감은 하수구 맨홀 앞에서 장발장을 기다렸다. 그가 부상한 한 시민군 남자 하나를 구하기 위해 건물로 들어가는 걸 보았다. 들어가긴 했으나 그곳에는 나올 수 있는 인간의 길이 없다. 자벨 경감은 그가 나올 수 있는 유일한 영혼의 길을 찾아냈다. 악취가 나는 하수구다. 수난을 넘어 재생과 부활로 향하는 길이다. 화약 냄새와 피 냄새. 그는 소맷자락으로 입과 코를 막고 맨홀 뚜껑을 지켰다.

드디어 멘홀 뚜껑이 열렸다. 마침내 자베르는 장발장의 색깔을 찾았다. 온갖 색깔이 뒤섞여 시커먼 무채색일 거라 예상했는데 아무 색깔도 없다. 텅 빈 껍데기가 피투성이가 된 젊은이를 업고 나왔다. 세상에 존재하지 않은 흰색이었다. 자벨 경감은 장발장의 흰색을 보았다.

자벨 경감을 보고 놀란 장발장이 축 늘어진 젊

은이를 땅에 내려놓고 주저앉았다.

"당신은 나를 너무 괴롭히는군. 차라리 나를 죽여 주시오."

너무 놀라서 장발장은 자벨 경감에게 자기도 모르게 존댓말을 했다. 충격으로 시장이라는 자신의 신분까지 잊어버렸다. 그의 모습이 흡사 글을 쓰다 말고 구겨서 버린 흰 종이 뭉치 같았다. 흰 종이 뭉치라 말했지만, 자벨 경감에게는 캄캄한 어둠 속에 큰 바위 하나가 날아와 눈앞에 떨어졌다.

한참 동안 구겨진 어둠을 바라보던 자벨 경감이 나직하게 말했다.

"가시오."

"예?"

"내 마음이 변하기 전에 얼른 가란 말이오."

그제야 장발장은 피투성이가 된 젊은이를 업고 황급히 사라졌다.

예고된 일이다. 자벨은 이미 그 전날 오늘 이 장면을 예상했다. 그는 자신의 마음이 변할까 봐 미리 적어놓았다. 사람들은 이를 '유서'라고 말했지만, 그건 그의 마음 조각이다. 장발장의 색깔을 찾

에덴의 방

도록 그에게 초록빛만 보게 한 프랑스 정부의 사법제도를 비판하는 내용을 적었다. 자신을 경주마로 만든 정부에게 던지는 경고였다. 수사관이 수사 업무를 수행하다 이유 없이 자살해 버렸다는 기사가 뜨자 사람들은 이해할 수 없다는 듯 자기 귀를 자른 고흐를 떠올렸다. 곧 그 기사는 '격무에 시달리다 정신이 이상해져서 자살했다'라는 소문으로 퍼져나갔다. 장발장 역시 그 소문에 고개를 끄덕였다.

"하긴, 나를 놓아줄 때 그는 이미 제정신이 아니었어."

아일랜드 소설가 제임스 조이스는 "상상도 기억이다."라고 말했다. 보르헤스도 제정신 아니긴 마찬가지였다. 그는 자기가 쓴 소설 「기억의 천재 푸네스」에서 "그는 한평생 내내 황혼에서 여명까지 그 꽃을 바라보았지만, 마치 한 번도 본 적이 없는 것처럼 그 꽃을 바라보았다."라며 푸네스라는 사내를 기억의 천재라고 설명한다. '여명에서 황혼'이 아니고 '황혼에서 여명'까지, 밝음이 아닌 어둠을 선택하여 꽃을 바라보았을까. 보르헤스는 밝음과 어둠을 뒤집어 놓았다. 이 기억의 천재 푸네스는 밤하늘에 뜬 별을 본 고흐처럼 어둠 속에 핀 꽃을 본다. 그것도 어떤 꽃인지도 모르는 꽃을 본다. 밝음에서는 똑같은 꽃인데 어둠 속에서는 순간순간마다 다른 꽃이다. 푸네스는 수천만 개로 바뀌는 그 변화하는 꽃을 보았다. 이름조차 붙일 수 없는 수많은 낯선 꽃, 이름을 알 수 없을 정도로 매 순간 달라지는 그 꽃에서 푸네스는 낯선 자기 모습을 보았다. 자기도 그렇게 찰나 찰나 다른 사람으로 변신하고 있었다. 황혼에서 여명까지 그 어둠 속 사물을 볼 수 있다면 변하는 낯선 자기를 본다. 사람들은 그를 기억의 천재라고 불렀으나 그의 기억은 고정된 개념이 아니라 불완전성이다. 변하는 기억이다. 플라톤적 사고 역시 불완전성의 시작이다. 감정을 배제한 흰색에서 출발한다. 사물의 개체가 존재하지 않은 개념이 자라는 공간이다.

자벨 경감은 최초로 고백하는 거라며 보르헤스의 소설 「기억의 천재 푸네스」를 읽었다고 했다. 말도 안 된다. 푸네스가 세상에 태어난 것 보다 그

에덴의 방

는 훨씬 이전에 세상을 떠났다. 그가 무슨 재주로 이 소설을 읽을 수 있는가. 호세는 그제야 알았다. 그는 별이 되었다. 별에서는 시간도 역사도 없다. 말하는 지금, 이 순간의 모습만 존재한다.

"그대는 의심이 참 많은 인간이군. 그래서 눈과 심장이 있으면서도 자기를 볼 줄 모르는 거야. 푸네스가 왜 기억의 천재가 될 수 있었는지 아는가?"

푸네스는 거꾸로 가는 시간을 보았다. 여명에서 황혼이 아니라 황혼에서 여명까지 이미 지나가 버린 시간의 길을 갔다. 시간을 토막토막 쪼개어 역순으로 맞추었다. 그것을 사람들은 기억이라고 말한다.

여기까지 읽고 호세는 『섹스, 부활의 열쇠』를 덮었다. 운희가 올 시간이다. 그는 외출복으로 갈아입고 지하철역으로 갔다. 그녀가 막 개찰구를 빠져나온다. 그를 보자 그녀가 미소 지었다. 그는 그녀의 손을 꼭 잡았다. 그녀의 손을 잡으면서 그는 동화책 속에서 본 어린 소녀와 소년이 손잡고 가는 장면을 떠올린다.

소년은 여자아이를 물가로 데리고 간다.

"재미있는 거 보여줄게."

소년은 주변을 살피며 작고 납작한 돌을 하나 주워들었다.

"잘 봐."

그러고는 물 위로 그 돌을 힘차게 날렸다. 돌은 접시 비행기가 되었다. 물보라를 일으키며 물을 동동 차며 떠서 날아간다. 그걸 보며 소녀가 손뼉 치며 발을 구른다.

"저게 물수제비야 한 개 더 만들어 줄게."

마침내 소녀가 가지런한 이빨이 보이도록 꺄르르 웃었다.

에덴의 방

10

사랑은 거창하지 않았다
우린 그저 몸을 던졌고
서로의 숨에 취해
세상이 좁아지도록 붙어 있었다

밖에선 천국이니 지옥이니 따졌지만
여기선 오직 당신의 피부가 진리였다
말로는 다 못 채우니까
우린 입술로 말했고
손끝으로 욕망을 적었다

에덴의 방은 신의 장난이 아니라

우리의 발열이었다.
당신의 허리, 내 목덜미, 쏟아지는 땀,
그것들이 다 성경보다 솔직했다

우린 추방당한 게 아니라
스스로 문을 걸어 잠그고
사랑이란 미친 실험을 했다

낙원이 있다면
아마 이 좁은 방
그리고 당신의 몸이었다

어제 자정 무렵에 운희가 이메일로 호세에게 보내준 시다. 제목은 없다. 시처럼 보여서 시라고 했지만, 이것은 영혼의 언어다. 형식이 없는 말이다. 보이지 않는 말을 언어의 몸을 빌려 담아 보냈다. 에덴의 방에서는 언어가 없다. 몸과 영혼으로 둘의 언어를 만든다. 영혼과 영혼이 통하는 새로운 세상 하나를 조립한다. 그녀가 보낸 이 시는, 오늘 이 언어를 해체하고 영혼의 형식을 이루자는 메시지다.

에덴의 방

에덴의 방으로 들어오자, 둘은 세상의 옷을 벗었다. 하나하나 옷이 떨어질 때마다 언제나 그랬던 것처럼 커튼이 물결을 이루며 춤춘다. 옷을 다 벗자, 그들은 세상에서 주워 입은 지성을 하나하나 벗었다. 마지막엔 이름조차 벗어 던졌다. 남자와 여자, 그 몸도 벗어 버렸다. 선악과를 따 먹은 아담과 이브가 존재하는 에덴의 별이 되었다.

밖에선 천국이니 지옥이니 따졌지만
여기선 오직 당신의 피부가 진리였다
말로는 다 못 채우니까
우린 입술로 말했고
손끝으로 욕망을 적었다

탱고는 4개의 다리가 하나의 심장으로 추는 춤이다. 춤이 격렬해지면 4개의 다리는 엇박자로 흐른다. 무질서의 질서, 오직 그들이 그들만의 길을 만든다. 쾌락은 아픔의 문을 통과해야 만난다. 가시에 찔려 온몸이 피투성이가 되는 쾌락이다. 서로의 호흡이 하나로 섞일 때 운희는 눈물을 흘린다. 호세는 그 눈물을 혀끝으로 먹는다. 달콤하다. 향기롭다.

>

깃털처럼 가벼워진 운희를 안고 호세는 침대로 갔다. 두 사람은 꿀이 흐르는 입술로 서로의 몸에 영혼의 언어를 입힌다. 온몸에 흩어진 언어가 조금씩 조금씩 살아 움직인다. 그 언어들이 한데 모이며 한 송이 꽃을 피우기 시작했다. 핏빛보다 더 붉은 장미다. 아니다. 그건 꽃이 아니라 붉은 별이다. 어둠 속에서만 볼 수 있는 별이다. 보르헤스가 탄생시킨 '기억의 천재 푸네스'가 보았던 그 꽃이다. 기억 속에 자라는 꽃, 기억의 천재 푸네스가 아니고선 그 누구도 이 꽃을 보지 못한다.

에덴의 방에서 호세와 운희는 오랫동안 한 몸이 되어 누워 있었다. 하나가 된 심장 소리만 들렸다.

에덴의 방

두 사람의 손끝이 끊임없이 둘의 몸을 탐색한다.
처음 보는 땅이 아닌데도 그들의 손끝이 닿는 땅은
언제나 낯설었다. 무한히 펼쳐진 우주공간에서 만
나는 길을 찾는다. 섬세하게 미세하게 달콤하게 향
기롭게 움직인다.

에덴의 방은 신의 장난이 아니라
우리의 발열이었다.
당신의 허리, 내 목덜미, 쏟아지는 땀,
그것들이 다 성경보다 솔직했다

섹스의 열쇠로 어둠을 열고 달려간 영혼의 세계
에서 호세와 운희는 탱고의 자세로 누워 있었다.
두 사람의 온몸이 땀으로 적셔졌다. 그는 그녀의
등에 흐르는 땀을 손바닥으로 조심스럽게 닦는다.
아니다. 닦는 게 아니라 손에 적신다. 그의 손바닥
으로 스며드는 그녀의 체액이 부드럽고 향기롭다.
그녀가 웅크린 채로 그의 가슴으로 더 깊이 파고든
다.
그때 그는 문득 깨닫는다. 이 순간 리스트 페렌

츠의 「단테 소나타」가 흐르면 더 향기로웠을 거라
는 걸 그제야 알아차렸다. 다음에는 그녀가 오기
전에 꼭 이 「단테 소나타」를 에덴의 방에 흐르게
하리라 다짐한다. 볼륨은 최대한 낮추는 게 좋다.
들릴 듯 말 듯 끊어졌다 이어지길 반복하는 것처럼
들려야 더 환상적일 것이다. 음악의 그 빈틈으로
사랑의 묘약을 채워 흐르게 해야 한다. 베르길리우
스와 베아트리체가 미리 가 있는 지옥과 천국을 신
의 노래로 부르리라. 만약 고흐가 이 자리에 있다
면 어떤 그림을 그릴까. 색채로 바뀌는 소리, 이 분
위기의 색깔, 호세는 귀로 듣는 그 그림을 상상하
며 손바닥으로 그녀의 등에 그림을 그린다.

에덴의 방

11

핸드폰 진동이 울린다. 운희다. 오랜만에 액정에 1번이 떴다. 매우 드문 일이다. 보통은 2번과 3번이 뜬다. 2번이 뜬 날이었다. 그녀가 "2번과 3번의 낙차가 너무 커."라고 했다. 늘 그랬지만, 그녀의 언어는 압축이 되어 있어 푸는 데 시간이 필요하다. 물리학에서 말하는 낙차는 가장 높을 때와 가장 낮을 때의 에너지 총질량을 말한다. 3번 섹스 에너지의 최고치와 2번에서 욕망의 절제로 인한 에너지 질량의 차이가 너무 크다는 것이다. 결국 그녀는 2번이 별 의미가 없으니 삭제하고, 1번과 3번이 좋겠다는 의견을 말했다. 이 말을 알아듣는 데 그는 시간이 필요했다. 2번을 없애고 1번 3번만 하자는 것이다. '낙차'라는 말을 사용하는 바람에 한참 돌아왔다. 그가 말했다. 이빨도 하나가 빠지면 전체 균형이 무너진다. 졸지에 뽑혀 나간 2번 자리를 채우기로 했다. 3번은 절대 나눌 수 없다. 1번을 나누기로 했다. 1번에 미술 작품 관람을 두고, 영화와 음악을 2번으로 보냈다.

10년 만에 뭉크 국내 특별전이 열린다. 둘은 '에드바르 뭉크-비욘드 더 스크림' 특별전이 열리는 미술관으로 갔다. 뭉크 하면 대부분 「절규」를 떠올리나 '에드바르 뭉크-비욘드 더 스크림' 특별전에서 두 사람이 보고 싶은 작품은 따로 있다. 1894년 무렵에 그린 「사춘기」다. 서로 의논한 적 없는데 두 사람은 동시에 「사춘기」를 보고 싶다고 말했다. 일반인들에게 널리 알려진 작품이 아닌 이 작품을 두 사람이 동시에 말한 건 '절규'만큼이나 놀라운 일이다. 호세와 운희는 눈을 크게 뜨고 마주 바라보며 놀란 표정을 감추지 못했다. 놀란 표정이 풀릴 즈음에 또 한 번 둘은 동시에 "왜?"라고 말하

에덴의 방

고는 한바탕 웃었다.

「사춘기」는 화가로서 뭉크를 존재하게 한 작품이다. 사람들은 「절규」가 뭉크의 복잡한 가정사와 정신적 충격을 그린 작품으로 알고 있으나, 사실은 이 '절규'의 모티프는 사람이 아니라 자연, 즉 세상이다. 노르웨이 피오르 협곡에서 느끼는 공포와 폭포가 내뿜는 거친 소리를 그린 작품이다. 사람들을 잠 못 들게 하고 외롭고 우울하게 하는, 폐쇄된 삶의 공황과 세상의 부조화를 이 소리에 담으며 뭉크는 안식처를 찾으려고 몸부림쳤다. 이 무렵에 「사춘기」를 그렸다.

입장 시각이 예약되어 있음에도 전시장 앞은 사람들로 장사진이다. 이토록 뭉크를 좋아하는 사람들이 많다는 게 신기하다 못해 '절규'만큼이나 놀라게 했다. 무엇이 이토록 사람들을 이곳으로 오게 했을까. 운희가 "우와, 우리나라 사람들이 이처럼 뭉크를 좋아할 줄 몰랐네." 했다. 이 말을 들은 호세가 "에덴의 방을 찾고 싶은 게 아닐까요?" 하고는 「절규」가 그려진 대형 포스터를 쳐다보았다.

뭉크가 숨으려고 했던 그 방, 그도 그 방이 궁금했다.

　호세와 운희는 이미 뭉크의 「사춘기」를 본 적 있다. 「사춘기」는 캔버스에 유화로 그린 것 말고 한 점 더 있다. 오슬로 국립미술관과 뭉크 미술관이 각각 한 점씩 소장하고 있다. 오슬로 국립미술관에서 뭉크의 「병든 아이」 바로 옆에 있던 이 그림을 보는 순간 그는 「절규」에서 얻은 감동이 일순간 지워졌다. 침대 가장자리에 소녀가 나체로 앉아 있다. 두 무릎을 꼭 붙이고, 두 팔을 X자로 모아 다리 깊숙이 숨겨놓은 부끄러운 곳을 가리며 한 손은 오른쪽 허벅지에 올려놓았다. 양쪽 어깨에 부끄러움을 잔뜩 얹어놓아 앞으로 약간 웅크리는 자세가 되었다. 시선은 정면을 응시하고 있지만 수줍음과 불안함이 온몸을 휘감았다. 뒤쪽에 비친 검은 그림자는 그림자가 아니라 소녀의 두려움과 수치스러움이다. 프로이트는 이 그림자가 남성의 성기를 나타낸다고 했는데, 아무리 뜯어보아도 이해가 거기까지 미치지 않아 그는 고개를 갸웃했다. 감출 수 없이 노출한 몸에 묻은 사춘기 소녀의 감정이 여과

에덴의 방

없이 캔버스에 담겼다. 뭉크의 작품에서 처음으로 성과 죽음을 표현한 그림이다.

오슬로 국립미술관에서 봤을 때처럼, 오늘도 당연히 그래야 하는 듯 호세는 삼촌 집에서 도우미 누나의 골덴바지 속으로 손을 넣었을 때의 기억이 떠 올랐다. 등줄기에 싸한 기운이 지나갔다. 성과 죽음, 에로스와 타나토스. 그는 뭉크가 느꼈을 그 감정을 훔쳐본다. 리비도다. 분명히 뭔가 잘못 가고 있다는 걸 알아채면서도 몸이 먼저 움직인다. 몸보다 욕망이 더 앞서 커버렸다. 미숙한 몸이 느끼는 불안감을 뭉크는 「사춘기」로 이야기한다. 그 날, 도우미 누나의 바지에 손을 넣었을 때 호세도 이런 감정과 맞닥뜨렸다.

"무슨 생각해요?"

"뭉크."

"뭉크?"

"이게 뭉크의 자화상입니다."

그림 속 소녀를 뭉크라고 하자 운희는 이해할 수 없다는 표정으로 그를 바라본다. 그는 그림에서 눈을 떼지 않은 채 "첫 섹스에 대한 불안한 감정을 뭉크는 이 그림 속 소녀의 몸을 빌려 이야기하는 겁니다.” 했다. 그러면서 뭉크의 첫 섹스 경험에 대해 나직하게 속삭이듯 그녀에게 이야기했다.

뭉크는 첫 섹스를 한 뒤 이 충격으로 평생 불안과 우울증, 공황장애로 고통받았다. 뭉크가 23살 때 베를린의 프리드리히 거리와 미텔 거리 모퉁이에 있는 집 작은 방에서 「사춘기」를 그렸다. 원본 그림은 화재로 소실되어 이후 다시 그렸다. 그만큼 그는 이 작품에 병적일 정도로 집착했다. 첫 전시회 때 엄격한 기독교 신자인 아버지가 오자 그는 얼른 이 그림에 덮개를 씌워 감추기도 했다. 부끄러운 그림이어서가 아니라 두려움과 죽음에 대한 공포를 뚫고 나가면서 얻은 ‘자기만의 방’을 아버지에게 보여주기 싫었다. 뭉크의 첫사랑, 1885년 그가 첫 섹스를 한 여인은 세 살 연상이었던 사촌형의 아내였다. 노르웨이 오슬로 사교계 명사이던 사촌 형수와 불륜의 섹스를 했다. 이때의 심정을 표현한 자료에 의하면 섹스가 그에게는 죽음에 대한 불안과 공포, 잔인하리만큼 자기 가족에게 닥친 그 죽음의 공포에서 탈출하는 도피처였다고 한다. 성性으로 튼튼하게 쌓아 올린 성城, 그에게는 그곳이 도피처였으며, 짧은 순간이었지만 그를 평화롭게 하는 자유공간이었다. 두려움조차 쾌락으로 밀어내는 섹스가 그에게는 자유공간으로 탈출하는 열쇠였다.

호세는 일본 소설가 다자이 오사무의 작품 『사양』 119페이지의 한 대목을 떠올렸다. "아무리 도덕에 위배되더라도 사랑하는 사람이 있는 곳으로 망설임 없이 달려가는 유부녀의 모습을 연상케 한다. 파괴 사상. 파괴는 애달프고 슬프고 아름답다. 파괴하고 다시 세우고 완성하고자 하는 꿈. 그리고 한번 파괴하면 영원히 완성할 날이 오지 않을지도 모르지만 그래도 그 절절한 사랑 때문에 파괴하지 않으면 안 된다." 다자이 오사무는 로자 룩셈부르크가 마르크스주의를 향해 가슴앓이한 서글픈 외사랑을 이 소설에 끌고 왔다.

뭉크의 첫사랑은 유부녀였던 그의 사촌 형수 밀리타울로브가 먼저 시작했고, 4년간 이어지다가 그녀에 의해 일방적으로 막을 내린다. 이 충격으로 뭉크는 평생 부끄러움, 두려움, 공황장애에서 벗어나지 못한다. 죄책감은 아니다. 잠시나마 현실에서 탈출하여 자유공간으로 나갈 수 있었던 열쇠를 잃어버린 데 대한 실망이었다. 마침내 그는 그녀 없이도 또 다른 자유공간으로 나가는 열쇠 하나를 발견했다. 자웅동체. 그는 그 열쇠를 쥐기 위해 「사춘기」를 그렸다. 여자를 자기 안에 심어 버렸다. 천지창조로 탄생한 최초의 인간, 아담이 된 것이다. 이브에게 빌려주었던 갈비 하나를 되가져와 제자리에 붙였다. 이브에게 떼어 주기 전까지 본래 그의 안에 이브가 들앉아 있었다. 자웅동체다.

그림을 둘러보고 난 호세와 운희는 커피숍으로 자리를 옮겼다. 「마테 수난곡」 연주를 보았던 그날 아내가 된 유주경과 처음 갔던 그 '티'로 갔다. 운희와 마주 앉아 커피를 마시던 그는 순간 뭉크가 들은 그 '절규'가 천둥처럼 자신의 귀를 때렸다. 일부러 그런 거는 아닌데, 그날 아내와 처음 마주 앉았던 그 테이블에 앉은 것이다. 앞에 앉은 사람만 바뀌었다. 그는 잠시 혼미해질 정도로 어지러움이

에덴의 방

와 얼른 커피를 한 모금 마셨다. 혹시 오늘 이곳에서 아내의 연주가 있지는 않을까. 그는 자기 아내의 연주 스케줄을 전혀 모른다. 어쩌면 아내가 여기로 올 수도 있다. 그날처럼, 아내도 다른 남자와 함께 올 수 있다. 걱정되는 건 아니지만, 만약 마주쳤을 때 어떤 표정을 지어야 할까. 그는 그걸 고민했다. 그의 아내는 그가 다른 여자와 섹스하는 걸 상관하지 않겠다고 했다. 다른 여자와 함께 커피를 마시며 마음을 나누는 일까지도 허용한 건지, 생뚱맞게 그는 그 생각을 했다. 그는 문 쪽을 한번 바라보았다. 그러고는 어색한 속내를 감추려는 듯 그녀에게 "커피잔이 흥미롭지 않아요?" 했다. 그러자 그녀가 앞에 놓인 찻잔을 들고 이리저리 살펴본다. 그때 그의 아내도 그랬었다. 마치 아내가 빙의한 것 같았다.

"좀 특이하네요, 오래된 가게인 모양이죠?"

"이 정도 티가 나려면, 그렇겠지요."

대화도 그때와 닮아간다. 분위기를 자르듯 그때 운희가 자기 커피를 두고 호세의 커피잔을 들고 살짝 한 모금 마신다. 그러고는 커피잔을 그의 앞에 다시 놓았다. 그의 커피잔에 연분홍색 꽃잎 하나가 그려졌다. 하얀 커피잔에 보일 듯 말 듯 흡사 안개 위로 떠오른 것 같은 환상적인 모양의 꽃잎 하나가 생겼다. 곧 그녀가 다시 그의 커피잔으로 손을 뻗어 반 바퀴 돌려놓는다. 꽃잎이 그녀 쪽을 향하고 있다. 손잡이가 반대로 돌아갔다. 그가 커피잔을 다시 돌려 들고 눈앞까지 올려서 꽃잎을 바라본다. 그가 천천히 그 꽃잎을 커피에 띄워 마셨다. 이를 바라보는 그녀의 입술에 연분홍색 꽃이 활짝 피었다. 그녀를 바라보며 그가 말했다.

"오늘 3번으로… 바꿀까요?"

"원해요?"

호세는 대답 대신 방금 마신 커피잔, 꽃잎이 있던 그 자리를 검지로 가볍게 세 번 톡톡톡 친다. 그녀도 미소와 함께 그와 똑같은 행동을 한다.

이 커피숍, 이 자리에서 아내를 떠올린 것이 호세는 여전히 알 수 없는 긴장으로 다가왔다. 뭉크의 '절규'처럼 이 커피숍이 점점 그를 옥죄듯이 좁혀온다. 처음 「마태 수난곡」이 흐르던 텅 빈 집에 혼자 들어갔을 때 느꼈던 그 공황이 조금씩 다가왔

에덴의 방

다. 얼른 이 분위기에서 탈출하고 싶었다.

　호세가 뭉크의 그림에 들어가 있다는 걸 운희가 알아챘다. 조금 전 전시장에서 뭉크의 그림을 볼 때 그의 표정이 이랬었다.

　거의 동시에 운희도 쓰다만 논문 「자궁에 갇힌 생명의 빛」을 떠올렸다. 어쩌면 오늘 마무리할 수 있을 것 같은 예감이 든다. 영원성 회기, 프리드리히 니체가 말한 영원회기다. 모든 존재와 에너지가 시간을 가로질러 무한 반복한다. 그녀는 뭉크의 「사춘기」에서 그 답을 찾았다. 사실 이것은 니체보다 더 오래전 키프로스에서 아테네로 와 스토아학파를 이룬 키티온의 제논이 주장했던 이론이다. 기원전 3세기 무렵이다. 우주는 주기적으로 파괴하고 다시 탄생하며, 새로운 우주는 이전의 우주와 똑같다고 주장했다. 기독교를 지지하는 사람들이 그의 이론을 맹렬하게 비판했으며 기독교 확산으로 헤브라이즘이 인간의 정신을 지배하면서 그의 영원회귀 이론은 한동안 논쟁에서 사라졌다. 사라졌던 이 영원회기가 19세기에 와서 니체에 의해 부활했다.

운희는 이보다 더 앞질러 아담과 이브가 인류 최초로 이걸 증명해 보여주었다고 믿었다. 천지창조다. 섹스로 탄생한 최초의 인류, 영원회기하는 열쇠는 섹스다. 섹스로 탄생한 인류는 섹스로 새로운 생명을 얻어야 그 실체가 존재한다. 최초의 땅에서 출발했던 그 새로운 세상으로 들어가는 열쇠가 섹스다. 이 열쇠를 가지려는 자와 숨기려는 자의 끊임없는 싸움이 인류의 진화와 발전을 가져왔다. 이 숭고한 열쇠를 인류는 감추어두고 혼자만 몰래 사용하려 했다. 성스러움과 부끄러움, 이 이중성으로 인간을 진보와 함께 퇴화시켰다. 파괴가 있어야 이 열쇠를 얻는다. 죽음이 있어야 부활을 얻듯이 보이는 사물과 개념을 파괴해야 얻는다. 키티온의 제논이 영원회기를 깨달은 것도 파괴로부터다. 우연히 서점에서 『소크라테스의 회상』을 발견하고 읽다가 그는 키니코스학파의 철학자 크라테스를 만나 제자가 되었다. 스승의 기행을 부끄러워하는 제논을 깨우치게 하려고 크라테스가 제논이 들고 있던 콩 수프 항아리를 지팡이로 내리친다. 깨진 항아리에서 콩 수프가 사방으로 튀자 놀

에덴의 방

라 도망치는 그에게 스승이 "왜 달아나는가, 패니키아의 애숭이야! 별일도 아니다." 하고 꾸짖었다. 그때 제논이 크게 깨닫는다. 항아리를 깨야 또 다른 항아리를 만난다는 것을. 항해 중 배가 난파되어 죽음을 눈앞에 두었을 때 제논은 아테네 땅에 닿아 생명을 구한다. 그리하여 그는 새로운 정신세계를 얻었다. 아담과 이브가 몸을 파괴함으로써 오늘의 인류가 사는 세상을 탄생시켰듯이, 모든 것은 그렇게 파괴와 함께 영원회귀한다.

운희와 호세, 두 사람은 같은 장소에서 같은 커피를 마시며 잠시 다른 세상을 다녀왔다. 무슨 생각을 했느냐고 묻는 건 이상하다. 호세는 어릴 때 어머니와 백화점에 갔다가 어머니를 잃은 적이 있다. 손을 잡고 다녔는데 그의 어머니가 옷을 살펴보느라 잠깐 손을 놓은 사이에 호세는 어머니인 줄 알고 다른 여성을 따라간 것이다. 그의 어머니는 호세를 잃어버렸다. 아이가 생각났을 때 아이는 이미 보이지 않았다. 호세는 어머니를 잃어버렸고, 그의 어머니는 호세를 잃어버렸다. 둘은 서로 다른 장소에서 같은 마음으로 서로를 애타게 찾았다. 호세는 백화점을 나와 길에서 울다가 누군가가 경찰 지구대에 데려다주었고, 그 시간에 그의 어머니는 백화점 안에서 아이를 찾느라 허둥대었다.

먼 길을 돌아 호세는 어머니를 다시 만났다. 복잡 무질서한 혼돈 카오스에서 평화의 코스모스로 오는 길은 그렇게 무너지고 파괴된다. 「창세기」 1장은 혼돈·공허·암흑의 카오스가 어떻게 질서와 광명의 코스모스를 만나는지를 노래한다. 여기서 공허가 충만으로 변화하는 에너지가 성性이다. 『성서』는 이렇게 말한다.

그들에게 이르시되 생육하고 번성하여 땅에 충만하라!

태초에 흙으로 빚은 아담의 갈비뼈로 이브를 만들었기에 숙명적으로 남자와 여자는 한 몸이며 양성성을 가진 자웅동체다. 그러하므로 여자와 남자가 한 몸이 되어야 영생을 얻으며, 새로운 세상 코스모스로 부활한다. 조르주 바타유는 『에로티즘』에서 불연속적 존재들이 연속성을 이루는 게 에로티즘이라고 했다. 한 몸을 이루고자 하는 욕망, 무

에덴의 방

질서가 이루는 질서다. 카오스에서 코스모스로. 히브리어로 하나님을 '엘로힘(Elohim)'이라고 한다. 이 말은 여성인 '엘로'와 남성 복수어미 '임'이 합쳐진 양성성을 가진 단어다. 물론 하나님은 한 분이나 히브리어로는 복수어로 표현한다. 남녀의 개념이 없는 한 분이라는 의미다.

「도마 복음서」 22절과 114절은 성과 매우 관련이 있다. 예수가 젖 먹는 아이를 보고 제자들에게 누구든 이 어린아이 같아야 천국에 간다고 말한다, 제자들이 예수께 "우리가 어린아이가 되어야 천국에 갑니까" 하고 물었다. 그러자 예수가 너희가 둘이 하나 되고 안이 바깥이 되며 위가 아래같이 될 때, 그리고 남자와 여자가 하나 되어 남자가 남자가 아니며 여자가 여자가 아닐 때 천국에 이른다고 했다. 니체가 어린아이가 되어야 인간이 본질에 이른다고 한 주장과도 통한다.

운희가 그때까지 생각에 빠져있는 호세에게 말했다.

"우리도 그림을 그려요."

"그림?"

"고흐도 그랬고 뭉크도 그랬듯이 우리도 우리의 에덴을 그림으로 그려요."

늘 그랬듯이 운희의 말은 오래 되새겨야 그 의미를 알아차릴 수 있다. 우리는 누구든 몸으로 그림을 그린다. 그것이 삶이라 말한다. 그 그림을 만드는 언어를 알게 될 때 카오스에서 코스모스로 들어갈 수가 있다.

그날 커피숍 티에서 나온 운희와 호세는 에덴의 방으로 갔다. 이런 일탈은 처음이다. 그동안 여러 차례 2번을 하면서도 욕망을 잘 절제했다. 깊은 스킨십으로 일어나는 절대 욕망을 삭제하는 쾌락, 고통을 넘어본 사람만이 안다. 욕망을 참는 게 아니라 섹스와 다른 또 하나의 쾌락을 창조하는 즐거움을 얻는다. 눈물을 흘리는 고통을 감내하며 불닭발을 먹는 그 기분과 닮았다. 그렇게 쌓은 절륜의 내공이 오늘 뭉크를 만나면서 무너졌다. 1번에서 3번으로 징검다리 건너뛰듯 넘어갔다. 일탈이 아니라 표상이 의지를 뛰어넘은 파괴를 이룬 것이다.

12

　뭉크 전시회를 보고 온 다음 날 운희는 논문 「자궁에 갇힌 생명의 빛」을 다시 다듬기 시작했다. 30년 가까이 잠자던 논문을 뭉크가 깨웠다.

　히브리어로 ‘알다’ 또는 ‘이해하다’는 말이 야다(yada)다. 성서에서는 ‘야다’를 섹스로 표현한다. 섹스가 여자와 남자의 육체 결합 이상의 의미를 상징한다는 뜻이다. 「창세기」 4장 1절에 “아담이 그의 아내 하와(이브)를 **알매**[yada] 하와가 임신하여 가인을 낳았다.”라는 구절이 있다. 여기에서 **‘알매’**는 히브리어 야다를 우리말로 변역한 ‘알므로’ 또는 ‘알았기에’다. 성서에서 표현하는 히브리어 야

다는 단순히 '앎'이라는 익숙함의 공간을 넘어 낯
섦의 공간으로 확장됨을 의미한다. 현실을 넘어 우
주를 관통하는 것이다. 그러하므로 여자와 남자가
이루는 섹스는 단순히 육체의 결합 행위가 아니라
이를 넘어서 육체를 해체(파괴)하고 새로운 세상
에덴으로 가는 길이다. 고대 이집트 사람들이 발견
한 천국의 문을 여는 앙크가 에덴의 방으로 들어가
는 열쇠다. 이것이 부활이며 영생이다. 부활은 여
성의 자궁에서 만들어진다. 신라왕들의 고분에서
발견한 섹스를 묘사한 토우로 장식한 항아리 장경
호는 바로 여성의 자궁이다. 그래서 뚜껑 손잡이를
남성의 성기로 만들었다. 이 뚜껑에 달린 성기를
잡는 이는 남성이 아니라 여성이다. 이 항아리를
순장한 건 죽음으로 묵은 생명을 파괴하고, 새로운
생명을 얻어 새로운 세상에서 부활하기 위해서다.

　운희가 논문 「자궁에 갇힌 생명의 빛」을 쓰는
동안 에덴의 방 방문은 굳게 닫혔다. 토요일이 네
차례나 지나갈 동안 운희에게서 연락이 없자 호세
가 먼저 카톡을 보냈다. 이것도 처음 있는 일이다.

카톡을 보내는 건 언제나 그녀였다. 그가 오전에 카톡으로 '3'을 보냈는데도 오후가 되도록 그녀에게서 응답이 없다. 한 번도 이런 일이 없었던 터라 그는 걱정부터 했다. 그녀에게 무슨 좋지 못한 일이 생긴 건 아닐까 몹시 궁금했으나, 혹시라도 어두운 그림자로 돌아오면 어쩌나 두려워서 그는 초조함을 참아 가며 답이 오길 기다렸다. 그의 인내가 한계에 이를 즈음 그녀에게서 문자가 왔다.

'〈자궁에 갇힌 생명의 빛〉. 드뎌 잉태시켜 잘 키우는 중임.'

이러한 경우에 연인끼리라면 대부분 상대방에게 미리 상황을 알린다. 둘은 당연히 연인이 아니다. 여자와 남자다. 아담과 이브다. 순간적으로 미리 상황을 알려야 된다고 생각한 호세는 잠시 멍한 기분이었다. 왜 그래야 한다고 생각했을까. 그는 원장실 창문 밖을 바라봤다. 그날 이후 한 번도 안개가 끼지 않았다. 하늘이 너무 맑으면 불안하다. 마치 방으로 들어오려는 듯 남산타워가 길 건너편 건물들 가까이에 내려와 서 있다. 두 사람은 한 번도 사랑한다거나 좋아한다는 말을 한 적 없다. 몸을 해체하고 한 몸을 만들면서도 그런 말을 하거나 듣지 못했다. 그도 역시 그녀와 연애한다고 생각해 본 적 없다. 몸이 요구하는 대로 만나 뜨겁게 영혼의 세계를 만든다. 그러하나 둘은 하나다. 연애다 사랑이다 라고 하는 그 말의 상위 개념이다.

오래전에 본 영화 「파리에서의 마지막 탱고」와 조르주 바타유의 소설 『하늘의 푸른빛』이 떠올랐다. 파리 센강의 어느 교각 아래서 한 중년 남자가 절규한다. 영화를 보면서 호세는 이 장면에서 뭉크의 「절규」를 떠올렸다. 이때 지나가던 한 젊은 여자가 그를 무심히 한 번 쳐다보고 그냥 지나친다. 이 두 사람이 우연히 파리의 어느 빈 아파트에서 다시 만난다. 우연히 운명처럼 두 사람을 한 장소로 불러들였다. 남자는 폴(말론 브란도 분)이며 여자는 잔느(마리아 슈나이더 분)다. 그는 혼자 지낼 방을 구하기 위해 이 아파트에 왔으며 그녀 또한 약혼자와 함께 살 집을 구하러 이곳에 왔다. 우연히 만난 두 사람은 서로 누구인지 이름도 모른 채 느닷없이 격렬하게 섹스한다. 이후 두 사람은 아파

에덴의 방

트에서 지속적으로 만나 섹스한다. 서로 익명을 유지하기로 약속했다.

「파리에서의 마지막 탱고」가 개봉되자 영화계는 물론 사회적으로 큰 파장을 일으켰다. 이들은 영화 속에서 연기가 아니라 실제로 섹스를 해버렸다. 여주인공 잔느와 사전 협의도 없이 촬영 도중에 남자 주인공이 여주인공을 강간해 버린 것이다. 이 장면을 그대로 영화 속에 삽입했다. 당시 잔느는 19살이었다. 이를 두고 예술이냐 범죄냐로 논란을 불러일으켰다. 베르나르도 베르톨루치 감독이 감옥에 갔다. 강간 사건 범죄 교사죄 또는 방조죄가 아닌 음란영화를 만든 혐의였다. 파격적인 이 영화는 작품에 관한 비평과 분석 외에 철학과 정신분석 연구자료가 되기도 했다. 그 배경과 제작 과정 또한 화제로 오르내렸다. 처음에는 밀라노를 배경으로 하였으나 시나리오 작업을 하면서 파리로 배경을 바꾸었다. 파격적인 이 에로티즘 영화를 밀라노가 소화할 수 없다고 여겼던 모양이다. 사실 자유로운 성의 날개를 펴기에는 밀라노보다 파리가 더 어울린다. 제목도 처음에는 「작은 죽음(La

Petite Morte)」이었다. '작은 죽음'은 오르가슴을 상징한다. 섹스로 육체를 죽이고 영혼을 부활시킨다는 걸 이 영화가 보여준다. 베르나르도 베르톨루치 감독은 조르주 바타유의 소설『하늘의 푸른 빛』에서 이 영화의 영감을 얻었으며, 뭉크의 그림에서 쉬르레알리즘을 가져왔다. 조르주 바타유는 소설 『하늘의 푸른 빛』을 1935년에 탈고하였으나 20년이나 지나서 1957년에 발표했다. 처음에는 나치의 파시즘을 그리려 했으나 소설 속 주인공이 세 여인을 만나 섹스을 탐닉하면서 폭력과 죽음, 그리고 에로티즘에 빠지는 바람에 새로이 구성하느라 긴 시간이 필요했다.

영화 「파리에서의 마지막 탱고」는 평론가들의 다양한 평 못지않게 철학자와 문학인 등 많은 예술가가 작품에 오마주하거나 변용하기도 했다, 서로 이름을 묻지 않은 익명성을 전제로 몸의 느낌만으로 섹스하는 '원초적 본능'을 이 영화가 보여주었다. 두 사람 모두 동물이 되어 동물의 울음을 토해놓는다. 정신은 천진난만한 어린아이이며 몸은 성인이다. 육체는 파괴되고 영혼이 살아서 꿈틀댄다.

에덴의 방

동물과 어린아이 만들기, 여러 예술가가 이를 창작
의 테마로 가져갔다.

운희는 논문 「자궁에 갇힌 생명의 빛」을 천지창
조에서 시작하여 쉬르레알리즘으로 결론을 만들기
로 했다. 쉬르레알리즘의 중심 무기가 에로티즘이
다. 쉬르레알리즘은 이성의 지배를 벗어나 공상과
환상의 세계로 의식을 확장함으로써 현실 세계의
한계를 극복한다. 그 한계를 벗어나는 핵심 에너
지가 에로티즘이다. 육체를 해체하고 영혼의 세계
로 들어가는 문이다. 기욤 아폴리네르가 희곡 「테
레지아의 유방乳房」에서 부제로 쉬르레알리즘이란
말을 처음 사용하면서 무의식의 세계를 개념화하
는 다양한 작업이 예술가들에게서 일어난다. 에드
바르 뭉크가 육체와 영혼을 극한으로 대립시킨 작
품들을 그렸으며, 이 무렵 오스트리아에서는 구스
타프 크림트를 중심으로 에곤 실레, 에드바르트 뭉
크 등 전통 예술에서 떨어져나온 분리파 예술가들
이 등장한다.

참 묘한 일이다. 호세가 「파리에서의 마지막 탱

고」와 조르주 바타유의 소설 『하늘의 푸른빛』을 생각했는데, 운희도 이 소설을 자신의 논문에 인용하는 중이다. 우주공간에서는 시간과 공간 개념이 없다. 오직 새로운 창조만 존재한다. 두 사람의 영혼은 이미 여러 차례 우주공간을 드나들며 하나가 되었다.

13

운희가 '생명의 빛'을 자궁에서 키울 동안 호세는
『섹스, 부활의 열쇠』를 읽었다. 이번에는 끝까지
읽을 참이다. 그녀가 '생명의 빛'을 출산할 때까지
그는 이 책을 완독하기로 했다.

자베르 경감이 빅토르 위고를 데리고 왔다. 의
외다. 에덴의 별 남자는 자베르에 대해 궁금했다.
아직 그 질문을 하지도 않았는데, 그가 빅토르 위
고를 데리고 온 것이다. 위고의 별은 멀리 떨어져
있다. 우주공간에서는 시간 개념이 없다. 찰나만
존재한다. 손에 은촛대를 들고 온 위고가 조금 놀

란 눈빛으로 에덴의 별을 바라보다가 말한다.

"놀랍군. 1,900여 페이지이나 되는「레 미제라블」을 완독한 독자를 만나기가 쉬운 일이 아닌데. 오죽했으면 이 작품을 '벽돌(The Brick)'이라고 했겠소. 마크 트웨인이란 작자는 '고전명작이란 누구나 이미 읽었다고 말하고 싶어 하지만, 실제로 읽은 사람이 없는 책이다'라고 말했는데, 그게 내 작품을 두고 한 말이지."

에덴의 별 남자는 자베르에게 물으려고 했던 질문을 위고에게 했다.

"당사자를 앞에 두고 이런 말을 하기가 뭣하지만, 이 작품을 읽고 나는 주인공이 장발장이 아니라 여기 있는 자베르 경감이라 믿었어요. '장발장'이라는 동화로도 축약할 정도로 세상 사람들이 장발장을 주인공이라 여기는데, 나 혼자 자베르가 주인공이라고 우겨서 이 말을 꼭 묻고 싶었습니다."

"글쎄, 주인공이라…. 이 작품의 주인공은 불쌍한 사람들 모두요. 장발장은 그들 중 구원받은 이를 대표하는 인물이고, 자베르는 그러한 모순된 사회를 대표하여 인간 본래의 모습을 보여주는 인물이지. 사실 우리가 사는 세상이 아름다워지기 위해서는 장발장 같은 사람이 나오면 안 되고, 자베르와 같은 사람이 필요하오. 마치 한 그루 나무처럼 스스로 정화하며 세상을 지키는 사람들. 루소가 외친 그 자연이오. 동양에서도 그런 사람이 있소. 좀 전에 여길 다녀간 것 같은데? 노자와 장자란 사람이오,"

"자베르가 센강에 몸을 던지는 건 좀 너무하지 않았나요?"

"물론 좋은 소설이 되기 위해서 버려야 할 것 남겨야 할 것 가려야 하나, 이 소설은 제목처럼 비참한 사람들을 구원하는 성서로 쓴 것이오. 나는 교회를 가지 않아 고해성사도 받지 않았으며 영성체도 하지 않았소. 하나님을 부정한 건 아니오. 세상 속에서 하나님의 말씀을 만들려고 한 거지. 말하자면 이 작품을 읽고 사람들이 위안받으며 자신의 삶을 만들어 나가길 바란 거요. 그러자면 자베르가 사라져야 하오. 내가 출판사 발행인에게 보낸 편지에도 그렇게 적었소. 인류의 고통은 멈추지 않을 것이고, 빵을 얻기 위해 여성이 몸을 파는 그런 곳

에 '레 미제라블'이 문을 두드려 줄 것이라고 말이
오."

그때 자베르가 "들고 있는 그 촛대는 장발장이
성당에서 훔쳤던 그것 아니오?" 하고 물었다. 위고
는 들고 있는 촛대를 높이 들어 올렸다.

"훔친 게 아니라 미리엘 주교가 구원하기 위하
여 장발장에게 준 것이오. 그대는 소설 속에서도
훔쳤다고 의심하더니 여전히 안 변했구려. 장발장
이 이 촛대를 마리우스에게 주면서 이렇게 말했소.
참, 그대는 다른 장소에 있어서 모르겠군. 장발장
은 마리우스에게 '이 촛대는 비록 은이지만 나에게
는 금이요 다이아몬드며, 여기 꽂은 초를 거룩하
게 또 크게 변화시키는 촛대'라고 말했어요, 이 촛
대가 이곳까지 와서 정말 거룩하게 내게 전해진 거
요. 이 긴 이야기가 이 촛대 하나에 모두 담겼소.
내가 들고 있는 이 촛대는 그대를 지상과 이곳을
오갈 수 있게 해주는 열쇠이기도 하오. 미리엘 주
교가 내게 이 촛대를 주며 보관하라 일렀어요. 그
대가 스스로 센강에 뛰어든 건 그대가 요구하던 프
랑스에 자유를 가져다주기 위해서요. 저 초록빛 별

에덴의 방

에 있는, 에덴의 별이라고 했소? 저 두 남녀 역시
이 촛대의 에너지로 지상과 이 우주를 오가는 거
요. 저들 역시 그대처럼 지상의 인간들에게 부활의
생명을 일깨우려고 이곳에 온 것 아니오? 저 두 사
람이 그대를 부른 것도 그런 인연인 거지.”
에덴의 별 남자가 자벨 경감에게 말했다.
“이제 하루 남았어요. 내일 우린 다시 에덴의 방
으로 돌아갑니다.”

호세는 여기까지 읽고 『섹스, 부활의 열쇠』를
덮었다. 이제 한 번 정도 더 읽으면 완독할 듯하다.
소설을 읽는 게 아니라 철학서를 읽는 기분이다.
새롭게 읽을 때마다 앞에 읽은 내용이 잘 기억나지
않는 것도 이 책의 특징이다. 딱히 떠오르는 서사
가 없기 때문일 것이다.

14

휴대폰 진동이 울린다. 액정에 뜬 숫자 3을 호세가 뚫어지게 바라본다, 3이 꼼지락거리며 살아 움직이는 것 같다. 작은 벌레 같기도 하고 새 같기도 하다. 신기한 듯 그는 손가락으로 살짝 건드려보기도 한다.

운희가 논문 「자궁에 갇힌 생명의 빛」을 완성했다는 신호다. 호세는 그녀가 찾은 생명의 빛이 어떤 모습일지 궁금했다. 섹스는 온전히 자유 공간으로 나아가는 열쇠여야 한다. 욕망에 지배되면 에덴의 문을 열지 못한다. 그냥 쾌락을 즐기다 먼지가 되어 사그라질 뿐이다. 욕망을 넘고, 문화를 뛰어

넘어 신화의 세계로 들어가야 한다. 육신을 파괴하고 영혼의 세계를 맞는 일이다. 현실에서 얻은 모든 것, 이름, 지식, 권위, 도덕, 질서를 벗어 버려야 한다. 국가, 규범, 종교, 문화가 통제하는 인간의 옷을 벗는다. 그건 존재를 초월하는 자유며 새로운 질서를 이루는 길이다.

에덴의 방. 우주가 방으로 들어오고 방이 우주가 됨으로써 그곳은 이제 그냥 방이 아니다. 서로 사랑한다거나 한 몸이라는 말은 의미가 없다. 그 무한의 방에서는 이미 그런 언어는 더 이상 언어가 아니다. 우주가 된 방에서는 낯선 모든 것이 낯선 존재가 아니다. 그들은 서로의 심장 소리를 들으며 서로의 호흡을 마시고 서로의 몸 안에서 탱고 춤을 추며 신화의 세계로 들어간다.

아이들은 태어날 때 울지 않았다. 울음처럼 들리지만 그건 그냥 소리였다. 새 세상으로 온 첫 감격과 놀람으로 외치는 소리다. 그들의 첫 호흡이 곧 웃음이었다. 그 웃음은 은빛 파동처럼 공기를 타고 번져나가 도시의 창문마다 달빛처럼 매달렸다. 어머니들은 아기의 몸을 안은 채 눈물을 흘렸지만, 그 눈물은 슬픔이 아니라 충만이었다. 노인들은 죽음 앞에서 두려워하지 않았다. 그들의 마지막 숨은 검은 새처럼 사라지지 않았다. 그 숨은 바람으로 변해 들판을 스쳤고, 멀리서 새로 태어난 아기의 폐로 들어갔다. 죽음은 탄생의 서막이며, 종말은 새로운 기원의 또 다른 얼굴, 부활이다. 사람들은 언어를 버렸다. 여전히 입술에서 말이 흘러나왔지만 더 이상 말은 소통의 중심이 아니었다. 말 대신 그들은 눈빛과 손끝, 가슴의 고동으로 서로를 이해했다. 언어는 오래된 껍질처럼 바스러졌으며 몸은 그 껍질을 찢고 나온 신의 새살처럼 빛났다. 새로운 인류는 신과 짐승을 동시에 닮았다. 그들의 몸은 흙이면서도 별빛이었고 그들의 눈동자에는 바다와 사막과 숲이 동시에 깃들어 있었다. 그들은 서로를 갈망했으나 그 갈망은 결핍도 욕망도 아니었다. 그것은 충만이 충만을 부르는 울림이었다.

그들은 이제 더 이상 하나의 개인이 아니었다.

그들은 이름을 벗었고, 얼굴을 잃었으며, 모든 곳에서 숨으로만 존재했다. 아기의 웃음 속에서도 연인의 입맞춤 속에서도 노인의 마지막 한숨 속에서도 그들이 있었다. 그는 방이며 그 방이 곧 세계다. 하늘이 커튼처럼 흔들렸다. 바다는 심장처럼 고동쳤으며 산맥은 늑골처럼 솟아올랐다. 세상은 살아 숨 쉬는 하나의 거대한 신체가 되었다. 그 신체의 심장 박동이 곧 인류의 행복이다. 그 행복은 소유에서 오는 것이 아니다. 그 행복은 법과 규범에서 오는 것도 아니다. 그 행복은 오직 **숨과 숨의 이어짐**, 들숨과 날숨의 끊임없는 교직 속에 있다. 사람들은 밤마다 별빛 아래 모여 춤추었다. 그 춤은 제의가 아니었고, 종교도 아니었으며, 단지 살아 있음의 충만이 흘러넘쳐 이루어진 몸짓이었다. 그들의 그림자가 땅 위에 길게 늘어졌으나 그 그림자마저도 환하게 빛났다. 그리고 마침내, 세계는 하나의 문이 되었다.

그 문 안에서 아담과 이브의 후손인 인간은 처음의 얼굴을 되찾았다. 두려움 없는 얼굴, 상실 없는 얼굴, 죽음과 사랑이 같은 리듬으로 뛰는 얼굴.

무한한 방, 에덴의 방. 그곳에서 새로운 인류가 불안 없는 황홀 속에 살았다. 그들은 이미 알고 있었다. 끝은 시작이며, 시작은 곧 끝이라는 것을, 그리고 그 순환 안에서만 존재가 온전히 드러난다는 것을. 그곳은 의지와 표상으로서의 세계이며, 영원회기의 생명이다.

그들에겐 익숙함도 낯섦도 없다. 익숙함 속에 낯섦이고 낯섦 속의 익숙함이다. 우리가 보는 모든 것들은 찰나 찰나 수없이 모양이 변한다. 그도 그녀도 찰나로 변한다. 한 달이면 억겁의 찰나가 지나갔다. 억겁 속에 셀 수 없이 변한 또 다른 그와 그녀, 오늘 보는 그녀는 낯선 여자며 그녀가 보는 그도 낯선 남자다. 나였던 그 아이가 어디로 숨은 것처럼, 우리는 우리 속에서 사라져 간 수많은 '나'를 가지고 있다. 그렇게 앞으로도 수많은 달라진 나를 받아들일 것이다. 그래서 '나'는 나가 아니며, '너'는 너가 아니다. 나와 너는 우리며, 우리는 본 적도 만난 적도 없는 그들이다. 지금 여기, 내가 있는 이곳이 세상이며, 세상이 곧 내가 있는 여기

다. 그들, 낯선 모습이지만 그와 그녀는 다른 사람
은 아니다. 영혼의 언어가 낯선 그들을 낯설지 않
게 한다. 영혼의 언어는 형체가 없기 때문이다. 없
음으로써 영혼의 언어가 생성된다. 그와 그녀는 영
혼의 언어로 서로의 심장을 하나로 만든다. 그렇게
우리는 매 시간 새롭게 태어난다. 새로운 에덴의
방을 만든다. 새롭게 태어난 '나'를 만나는 곳, 아
담과 이브가 시작했던 그 천지창조의 신화로 가는
길이다.

15

『섹스, 부활의 열쇠』를 들고 호세는 잠시 숨을 고르다가 책갈피 해둔 곳을 펼쳤다. 영혼의 세계로 간 그들이 지구에 둔 자기 몸으로 어떻게 다시 돌아올까, 쿠 훌린이 구성하는 소설은 늘 이처럼 낯설다. 그냥 소설일 뿐인데, 무엇이 이토록 애면글면 마음을 쏟게 할까. 불확실한 미래, 가보지 않은 길을 가는 그 두려움 때문인지 모른다.

책갈피를 해두었음에도 호세는 문장이 또 낯설었다. 지난번 읽은 내용과 연결이 잘되지 않는다. 읽을 때마다 반복되는 현상이다. 책갈피가 잘못 끼워진 건가 하고 연결되는 문장을 찾다가 늘 그랬듯이 포기하고 눈에 띄는 첫 문장을 찾았다. 왜 문장이 등장했는지 앞뒤 문장을 살필 사이도 없이 끌려들 듯 그는 그 시를 읽었다. 쿠 훌린의 소설은 늘 그랬다. 그게 중요하지 않았다. 그냥 읽으면 그대로 그게 이야기가 되었다.

세계는 숨 쉬고 있었다. 누구의 것도 아닌. 하늘은 위에 있지 않았다. 땅은 아래에 있지 않았다. 경계는 태어나지 않았다. 산은 솟지 않고 피어났고, 바다는 흐르지 않고 노래했다. 빛은 그림자를 만들지 않았다. 아직, 너와 나가 갈라지기 전이므로 이곳에서는 소유가 생겨나지 않았다. 무엇이든 만지면 그것은 잠시 손이 되었다가 다시 바람이 되었다. 열매는 따지 않아도 입안에 향을 풀었고, 짐승은 길들이지 않았으나 도망치지도 않았다. 눈과 눈이 마주치면 말이 아니라 리듬이 흘렀다. 그 리듬은 이해며, 이해는 곧 기쁨이었다. 아직 불안이 태어나지 않았기에 미래는 그림자를 갖지 않았다. 아직 슬픔이 없었기에 과거는 무게를 갖지 않았다. 대지는 누구를 위해 열리지 않았으므로 모두를 품

었다. 밤은 어둡지 않았으며 낮은 눈부시지 않았
다. 빛과 어둠은 서로 밀어내지 않고 하나의 숨결
로 섞여 있었다. 에덴은 장소가 아니다. 상태며 울
림이다. 아직 균열이 생기기 전의 완전한 파동이
다. 여기서 새로운 인류는 걷지 않는다, 흐른다, 살
지 않는다, 피어난다, 그리고 아직 아무것도 잃지
않았다

우주공간에 이 문장이 시처럼 노래처럼 들려온
다. 반짝이는 모든 별이 소리가 들리는 쪽으로 시
선을 모은다. 에덴의 별에서 은하수를 타고 이 노
래가 흐르고 있었다.

에덴의 별에 있는 두 사람이 나직하게 속삭인
다. 아담과 이브의 첫 섹스처럼, 언제나 그렇게 '첫
섹스'여야 한다. 낯설든 같은 여자와 남자든, 익숙
한 사람처럼 하는 익숙한 섹스는 인간을 퇴화시킨
다. 늘 새롭게 부활하라. 육체와 육체가 아닌 영혼
과 영혼의 합일이다. 아담과 이브가 따먹은 열매는
파괴다. 새로운 생명으로 부활하기 위한 육체의 파
괴. 그리하여 인간의 길이 만들어졌다. 그 길은 늘

에덴의 방

새롭기에 그렇게 낯설고 두렵다, 이 두려움을 맞이해야 새롭게 태어난다. 인간이 인간일 수 있는 건 아기의 울음소리와 임종자의 슬픔이 함께 담긴 에덴의 이 기억을 잃지 않을 때다.

그때 에덴의 별 속에 있는 두 사람은 멀리서 오는 낯선 목소리를 들었다.

"천지창조, 그 신화를 기억하라. 그리하여 너의 육신을 부수고 새로운 영혼을 맞이하라!"

에덴의 방

초판1쇄 인쇄 2026년 3월 27일
초판1쇄 발행 2026년 3월 31일

저 자 김호운
발행인 박지연
발행처 도서출판 도화
등 록 2013년 11월 19일 제2013-000124호
주 소 서울시 송파구 중대로34길 9-3
전 화 02) 3012-1030
팩 스 02) 3012-1031

전자우편 dohwa1030@daum.net
인 쇄 (주)유진보라

ISBN│979-11-24052-19-8 *03810
정가 17,000원

잘못 만들어진 책은 교환해 드립니다.
저자와 출판사의 허락 없이 책의 전부 또는 일부 내용을 사용할 수 없습니다.

도화道化, fool는
고정적인 질서에 대한 익살맞은 비판자,
고정화된 사고의 틀을 해체한다는 뜻입니다.